饥饿艺术家

卡夫卡小说全集（纪念版）

[奥] 弗兰茨·卡夫卡 著
谢莹莹 等译

人民文学出版社

INHALT
目 次

饥饿艺术家 001

女歌手约瑟芬或耗子民族 023

与祷告者的谈话 057

与醉汉的谈话 071

喧嚣 079

煤桶骑士 083

司炉 089

变形记 145

Franz Kafka
Das erzählerische Werk

Ein Hungerkünstler

饥饿艺术家

近几十年来，人们对饥饿表演的兴趣大为淡薄了。从前自行举办这类名堂的大型表演收入是相当可观的，今天则完全不可能了。那是另一种时代。当时，饥饿艺术家风靡全城；饥饿表演一天接着一天，人们的热情与日俱增；每人每天至少要观看一次；表演期临近届满时，有些买了长期票的人，成天守望在小小的铁栅笼子前；就是夜间也有人来观看，在火把照耀下，别有情趣；天气晴朗的时候，就把笼子搬到露天场地，这样做主要是让孩子们来看看饥饿艺术家，他们对此有特殊兴趣；至于成年人来看他，不过是取个乐，赶个时髦而已；可孩子们一见到饥饿艺术家，就惊讶得目瞪口呆，为了安全起见，他们互相手牵着手，惊奇地看着这位身穿黑色紧身衣、脸色异常苍白、全身瘦骨嶙峋的饥饿艺术家。这位艺术家甚至连椅子都不屑去坐，只是席地坐在铺在笼子里的干草上,时而有礼貌地向大家点头致意,时而强作笑容回答大家的问题,他还把胳臂伸出栅栏,让人亲手摸一摸,看他多么消瘦,而后却又完全陷入沉思,对谁也不去理会,连对他来说如此重要的钟鸣(笼子里的惟一陈设就是时钟)他也充耳不闻,而只是呆呆地望着前方出神,双眼几乎紧闭,有时端起一只很小的杯子,稍稍啜一点儿水,润一润嘴唇。

  观众来来去去,川流不息,除他们以外,还有几个由公众推选出来的固定的看守人员。说来也怪,这些人一般都是屠夫。他们始终三人一班,任务是日夜看住这位饥饿艺术家,绝不让他有任何偷偷进食的机会。不过这仅仅是安慰观众的一种形式而已,因为内行的人大概都知道,饥饿艺术家在饥饿表演期间,不论在什么情况下都是点食不进的,你就是强迫他吃他都是不吃的。他的艺术的荣誉感禁止他吃东西。当然,并非每个看守的人都能明白这一点,有时就有这样的夜班看守,他们看得很松,故意远远地聚在一个角落里,专心致志地打起牌来。很明显,他们是有意要留给他一个空隙,让他得以稍稍吃点儿东西;他们以为他会从某个秘密的地方拿出贮藏的食物来。这样的看守是最使饥饿艺术家痛苦的了。他们使他变得忧郁消沉;使他的饥饿表演异常困难;有时他强打精神,尽其体力之所能,就在他们值班期间,不断地唱着歌,以便向这些人表明,他们怀疑他偷吃东西是多么冤枉。但这无济于事;他这样做反而使他们一味赞叹他的技艺高超,竟能一边唱歌,一边吃东西。另一些看守人员使饥饿艺术家甚是满意,他们紧挨着笼子坐下来,嫌厅堂里的灯光昏暗,还用演出经理发给他们使用的手电筒照射着他。刺眼的光线对他毫无影响,入睡固然不可能,稍稍打个盹儿他一向是做得到的,不管在什么光线下,在什么时候,也不管大厅里人山人海，喧闹不已。他非常愿意彻夜不睡，同这样的看守共度通宵；他愿意跟他们逗趣戏谑，给他们讲他漂泊生涯的故事，然后又悉心倾听他们的趣闻，目的只有一个：使他们保持清醒，以便让他们始终看清，他在笼子里什么吃的东西也没有，让他们知道，他们之中谁也比不上他的忍饿本领。然而他感到最幸福的是，当天亮以后，他掏腰包让人给他们送来丰盛的早餐，看着这些壮汉们在熬了一个通宵以后，以健康人的旺盛食欲狼吞虎咽。诚然，也有人对此举不以为然，他们把这种早餐当作饥饿艺术家贿赂看守以利自己偷吃的手段。这就未免太离奇了。当你问他们自己愿不愿意一心为了事业，值一通宵的夜班而不吃早饭，他们就会溜之乎也，尽管他们的怀疑并没有消除。

　　人们对饥饿艺术家的这种怀疑却也难于避免。作为看守，谁都不可能夜以继日、一刻不停地看着饥饿艺术家，因而谁也无法根据亲眼看见的事实证明他是否真的持续不断地忍着饥饿,一点漏洞也没有;这只有饥饿艺术家自己才能知道,因此只有他自己才是对他能够如此忍饥耐饿感到百分之百满意的观众。然而他本人却由于另一个原因又是从未满意过的;也许他压根儿就不是因为饥饿,而是由于对自己不满而变得如此消瘦不堪,以致有些人出于对他的怜悯,不忍心见到他那副形状而不愿来观看表演。除了他自己之外,即使行家也没有人知道,饥饿表演是一件如此容易的事,这实在是世界上最轻而易举的事了。他自己对此也从不讳言,但是没有人相信。从好的方面想,人们以为这是他出于谦虚,可人们多半认为他是在自我吹嘘,或者干脆把他当作一个江湖骗子,断绝饮食对他当然不难,因为他有一套使饥饿轻松好受的秘诀,而他又是那么厚颜无耻,居然遮遮掩掩地说出断绝饮食易如反掌的实情。这一切流言蜚语他都得忍受下去,经年累月他也已经习惯了,但在他的内心里这种不满始终折磨着他。每逢饥饿表演期满,他没有一次是自觉自愿地离开笼子的,这一点我们得为他作证。经理规定的饥饿表演的最高期限是四十天,超过这个期限他决不让他继续饿下去,即使在世界有名的大城市也不例外,其中道理是很好理解的。经验证明,大凡在四十天里,人们可以通过逐步升级的广告招徕不断激发全城人的兴趣,再往后观众就皮了,表演场就会门庭冷落。在这一点上,城市和乡村当然是略有区别的,但是四十天是最高期限,这条常规是各地都适用的。所以到了第四十天,插满鲜花的笼子的门就开了,观众兴高采烈,挤满了半圆形的露天大剧场,军乐队高奏乐曲,两位医生走进笼子,对饥饿艺术家进行必要的检查、测量,接着通过扩音器当众宣布结果。最后上来两位年轻的女士,为自己有幸被选中侍候饥饿艺术家而喜气洋洋,她们要扶着艺术家从笼子里出来,走下那几级台阶，阶前有张小桌，上面摆好了精心选做的病号饭。在这种时刻，饥饿艺术家总是加以拒绝。当两位女士欠着身子向他伸过手来准备帮忙的时候，他虽是自愿地把他皮包骨头的手臂递给了她们，但他却不肯站起来。现在刚到四十天，为什么就要停止表演呢？他本来还可以坚持得更长久，无限长久地坚持下去，为什么在他的饥饿表演正要达到最出色程度（唉，还从来没有让他的表演达到过最出色的程度呢）的时候停止呢？只要让他继续表演下去，他不仅能成为空前伟大的饥饿艺术家——这一步看来他已经实现了——而且还要超越这一步而达到常人难以理解的高峰呢（因为他觉得自己的饥饿能力是没有止境的），为什么要剥夺他达到这一境界的荣誉呢？为什么这群看起来如此赞赏他的人，却对他如此缺乏耐心呢？他自己尚且还能继续饿下去，为什么他们却不愿忍耐着看下去呢？而且他已经很疲乏，满可以坐在草堆上好好休息休息,可现在他得支立起自己又高又细的身躯,走过去吃饭,而对于吃,他只要一想到就要恶心,只是碍于两位女士的面子,他才好不容易勉强忍住。他仰头看了看表面上如此和蔼,其实是如此残酷的两位女士的眼睛,摇了摇那过分沉重地压在他细弱的脖子上的脑袋。但接着,一如往常,演出经理出场。经理默默无言(由于音乐他无法讲话)双手举到饥饿艺术家的头上,好像他在邀请上苍看一看他这草堆上的作品,这值得怜悯的殉道者(饥饿艺术家确实是个殉道者,只是完全从另一种意义上讲罢了);演出经理两手箍住饥饿艺术家的细腰,动作小心翼翼,以便让人感到他抱住的是一件极易损坏的物品;这时,经理很可能暗中将他微微一撼,以致饥饿艺术家的双腿和上身不由自主地摆荡起来;接着就把他交给那两位此时吓得脸色煞白的女士。于是饥饿艺术家只得听任一切摆布;他的脑袋耷拉在胸前,就好像它一滚到了那个地方,就莫名其妙地停住不动了；他的身体已经掏空；双膝出于自卫的本能互相夹得很紧，但两脚却擦着地面，好像那不是真实的地面，它们似乎在寻找真正可以着落的地面；他的身子的全部重量（虽然非常轻）都落在其中一个女士的身上，她气喘吁吁，四顾求援（真想不到这件光荣差事竟是这样的），她先是尽量伸长脖子，这样至少可以使饥饿艺术家碰不到她的花容。但这点她并没有做到，而她的那位较为幸运的女伴却不来帮忙，只肯战战兢兢地执着饥饿艺术家的一只手——其实只是一小把骨头——举着往前走，在哄堂大笑声中那位倒霉的女士不禁哇的一声哭了起来，只得由一个早就站着待命的仆人接替了她。接着开始就餐，经理在饥饿艺术家近乎昏厥的半眠状态中给他灌了点流汁，同时说些开心的闲话，以便分散大家对饥饿艺术家身体状况的注意力，然后，据说饥饿艺术家对经理耳语了一下，经理就提议为观众干杯；乐队起劲地奏乐助兴。随后大家各自散去。谁能对所见到的一切不满意呢，没有一个人。只有饥饿艺术家不满意，总是他一个人不满意。

每表演一次，便稍稍休息一下，他就这样度过了许多个岁月，表面上光彩照人，扬名四海。尽管如此，他的心情通常是阴郁的，而且有增无已，因为没有一个人能够认真体察他的心情。人们该怎样安慰他呢？他还有什么可企求的呢？如果一旦有个好心肠的人对他表示怜悯，并想向他说明他的悲哀可能是由于饥饿造成的。这时，他就会——尤其是在经过了一个时期的饥饿表演之后——用暴怒来回答，那简直像只野兽似的猛烈地摇撼着栅栏，真是可怕之极。但对于这种状况，演出经理自有一种他喜欢采用的惩治办法。他当众为饥饿艺术家的反常表现开脱说：饥饿艺术家的行为可以原谅，因为他的易怒性完全是由饥饿引起的，而这对于吃饱了的人并不是一下就能理解的。接着他话锋一转就讲起饥饿艺术家的一种需要加以解释的说法，即他能够断食的时间比他现在所做的饥饿表演要长得多。经理夸奖他的勃勃雄心、善良愿望与伟大的自我克制精神，这些无疑也包括在他的说法之中；但是接着经理就用出示照片（它们也供出售）的办法，轻而易举地把艺术家的那种说法驳得体无完肤。因为在这些照片上，人们看到饥饿艺术家在第四十天的时候，躺在床上，虚弱得奄奄一息。这种对于饥饿艺术家虽然司空见惯，却不断使他伤心丧气的歪曲真相的做法，实在使他难以忍受。这明明是饥饿表演提前收场的结果，大家却把它解释为饥饿表演之所以结束的原因！反对这种愚昧行为，反对这个愚昧的世界是不可能的。在经理说话的时候，他总还能真心诚意地抓着栅栏如饥似渴地倾听着，但每当他看见相片出现的时候，他的手就松开栅栏，叹着气坐回到草堆里去，于是刚刚受到抚慰的观众重又走过来观看他。

几年后，当这一场面的目击者们回顾这件往事的时候，他们往往连自己都弄不清是怎么一回事了。因为在这期间发生了那个已被提及的剧变；它几乎是突如其来的；也许有更深刻的缘由，但有谁去管它呢；总之，有一天这位备受观众喝彩的饥饿艺术家发现他被那群爱赶热闹的人抛弃了，他们宁愿纷纷涌向别的演出场所。经理带着他又一次跑遍半个欧洲，以便看看是否还有什么地方仍然保留着昔日的爱好；一切徒然；到处都可以发现人们像根据一项默契似的形成一种厌弃饥饿表演的倾向。当然，冰冻三尺非一日之寒，现在回想起来，当时就有一些苗头，由于人们被成绩所陶醉，没有引起足够的重视，没有切实加以防止，事到如今要采取什么对策却为时已晚了。诚然，饥饿表演重新风行的时代肯定是会到来的，但这对于活着的人们却不是安慰。那么，饥饿艺术家现在该怎办呢？这位被成千人簇拥着欢呼过的人，总不能屈尊到小集市的陋堂俗台去演出吧，而要改行干别的职业呢，则饥饿艺术家不仅显得年岁太大，而且主要是他对于饥饿表演这一行爱得发狂，岂肯放弃。于是他终于告别了经理——这位生活道路上无与伦比的同志，让一个大马戏团招聘了去；为了保护自己的自尊心，他对合同条件连看也不屑看一眼。

马戏团很庞大，它有无数的人、动物、器械，它们经常需要淘汰和补充。不论什么人才，马戏团随时都需要，连饥饿表演者也要，当然所提条件必须适当，不能太苛求。而像这位被聘用的饥饿艺术家则属于一种特殊情况，他的受聘，不仅仅在于他这个人的本身，还在于他那当年的鼎鼎大名。这项艺术的特点是表演者的技艺并不随着年龄的递增而减色。根据这一特点，人家就不能说：一个不再站在他的技艺顶峰的老朽的艺术家想躲避到一个马戏团的安静闲适的岗位上去。相反，饥饿艺术家信誓旦旦地保证，他的饥饿本领并不减当年，这是绝对可信的。他甚至断言，只要准许他独行其是（人们马上答应了他的这一要求），他要真正做到让世界为之震惊，其程度非往日所能比拟。饥饿艺术家一激动，竟忘掉了时代气氛，他的这番言辞显然不合时宜，在行的人听了只好一笑置之。

但是饥饿艺术家到底还没有失去观察现实的能力，并认为这是当然之事，即人们并没有把他及其笼子作为精彩节目安置在马戏场的中心地位，而是安插在场外一个离兽场很近的交通要道口。笼子周围是一圈琳琅满目的广告，彩色的美术体大字令人一看便知那里可以看到什么。要是观众在演出的休息时间涌向兽场去观看野兽的话，几乎都免不了要从饥饿艺术家面前经过，并在那里稍停片刻，他们庶几本来是要在那里多待一会儿，从从容容地观看一番的，只是由于通道狭窄，后面涌来的人不明究竟，奇怪前面的人为什么不赶紧去观看野兽，而要在这条通道上停留，使得大家不能从容观看他。这也就是为什么饥饿艺术家看到大家即将来参观（他以此为其生活目的，自然由衷欢迎）时，就又颤抖起来的原因。起初他急不可待地盼着演出的休息时间；后来当他看到潮水般的人群迎面滚滚而来，他欣喜若狂，但他很快就看出，那一次又一次涌来的观众，就其本意而言，大多数无例外地是专门来看兽畜的。即使是那种顽固不化、近乎自觉的自欺欺人的人也无法闭眼不看这一事实。可是看到那些从远处蜂拥而来的观众，对他来说总还是最高兴的事。因为，每当他们来到他的面前时，便立即在他周围吵嚷得震天价响，并且不断形成新的派别互相谩骂，其中一派想要悠闲自在地把他观赏一番，他们并不是出于对他有什么理解，而是出于心血来潮和对后面催他们快走的观众的赌气，这些人不久就变得使饥饿艺术家更加痛苦；而另一派呢，他们赶来的目的不过是想看看兽畜而已。等到大批人群过去，又有一些人姗姗来迟，他们只要有兴趣在饥饿艺术家跟前停留，是不会再有人妨碍他们的了，但这些人为了能及时看到兽畜，迈着大步，匆匆而过，几乎连瞥也不瞥他一眼。偶尔也有这种幸运的情形：一个家长领着他的孩子指着饥饿艺术家向孩子们详细讲解这是怎么一回事。他讲到较早的年代，那时他看过类似的，但盛况无与伦比的演出。孩子呢，由于他们缺乏足够的学历和生活阅历，总是理解不了——他们懂得什么叫饥饿吗？——然而在他们炯炯发光的探寻着的双眸里，流露出那属于未来的、更为仁慈的新时代的东西。饥饿艺术家后来有时暗自思忖：假如他所在的地点不是离兽笼这么近，说不定一切都会稍好一些。像现在这样，人们很容易就选择去看兽畜，更不用说兽场散发出的气味，牲畜们夜间的闹腾，给猛兽肩担生肉时来往脚步的响动，喂食料时牲畜的叫唤，这一切把他搅扰得多么不堪，使他老是郁郁不乐。可是他又不敢向马戏团当局去陈述意见；他得感谢这些兽类招徕了那么多的观众，其中时不时也有个把是为光顾他而来的，而如果要提醒人们注意还有他这么一个人存在，从而使人们想到，他 —— 精确地说 —— 不过是通往厩舍路上的一个障碍，那么谁知道人家会把他塞到哪里去呢。

自然是一个小小的障碍，一个变得越来越小的障碍。在现今的时代居然有人愿意为一个饥饿艺术家耗费注意力，对于这种怪事人们已经习以为常，而这种见怪不怪的态度也就是对饥饿艺术家的命运的宣判。让他去就其所能进行饥饿表演吧，他也已经那样做了，但是他无从得救了，人们从他身旁扬长而过，不屑一顾。试一试向谁讲讲饥饿艺术吧！一个人对饥饿没有亲身感受，别人就无法向他讲清楚饥饿艺术。

笼子上漂亮的美术字变脏了，看不清楚了，它们被撕了下来，没有人想到要换上新的；记载饥饿表演日程的布告牌，起初是每天都要仔细地更换数字的，如今早已没有人更换了，每天总是那个数字，因为过了头几周以后，记的人自己对这项简单的工作也感到腻烦了；而饥饿艺术家却仍像他先前一度所梦想过的那样继续饿下去，而且像他当年预言过的那样，他长期进行饥饿表演毫不费劲。但是，没有人记天数，没有人，连饥饿艺术家自己都一点不知道他的成绩已经有多大，于是他的心变得沉重起来。假如有一天，来了一个游手好闲的家伙，他把布告牌上那个旧数字奚落一番，说这是骗人的玩意儿，那么，他这番话在这种意义上就是人们的冷漠和天生的恶意所能虚构的最愚蠢不过的谎言，因为饥饿艺术家诚恳地劳动，不是他诳骗别人，倒是世人骗取了他的工钱。

又过了许多天，表演也总算告终。一天，一

个管事发现笼子，感到诧异，他问仆人们，这个里面铺着腐草的笼子好端端的还挺有用，为什么让它闲着。没有人回答得出来，直到一个人看见了记数字的牌儿，才想起了饥饿艺术家来。他们用一根竿儿挑起腐草，发现饥饿艺术家在里面。"你还一直不吃东西？"管事问，"你到底什么时候才停止呢？""请诸位原谅。"饥饿艺术家细声细气地说；管事耳朵贴着栅栏，因此只有他才能听懂对方的话。"当然，当然。"管事一边回答，一边用手指摸了摸自己的额头，以此向仆人们暗示饥饿艺术家的状况不妙，"我们原谅你。""我一直在希望你们能赞赏我的饥饿表演。"饥饿艺术家说。"我们也是赞赏的。"管事迁就地回答说。"但你们不应当赞赏。"饥饿艺术家说。"好，那我们就不赞赏，"管事说，"不过究竟为什么我们不应该赞赏呢？""因为我只能挨饿，我没有别的办法。"饥饿艺术家说。"瞧，多怪啊！"管事说，"你到底为什么没有别的办法呢？""因为我，"饥饿艺术家一边说，一边把小脑袋稍稍抬起一点，撮起嘴唇，直伸向管事的耳朵，像要去吻它似的，惟恐对方漏听了他一个字，"因为我找不到适合自己口味的食物。假如我找到这样的食物，请相信，我不会这样惊动视听，并像你和大家一样，吃得饱饱的。"这是他最后的几句话，但在他那瞳孔已经扩散的眼睛里，流露着虽然不再是骄傲，却仍然是坚定的信念：他要继续饿下去。

"好，归置归置吧！"管事说，于是人们把饥饿艺术家连同烂草一起给埋了。而笼子里换上了一只小豹，即使感觉最迟钝的人看到在弃置了如此长时间的笼子里，这只凶猛的野兽不停地蹦来跳去，他也会感到赏心悦目，心旷神怡。小豹什么也不缺。看守们用不着思考良久，就把它爱吃的食料送来，它似乎都没有因失去自由而惆怅；它那高贵的身躯，应有尽有，不仅具备着利爪，好像连自由也随身带着。它的自由好像就藏在牙齿中某个地方。它生命的欢乐是随着它喉咙发出如此强烈的吼声而产生,以致观众感到对它的欢乐很是受不了。但他们克制住自己,挤在笼子周围,舍不得离去。

叶廷芳 译

Franz Kafka
Das erzählerische Werk

Ein Hungerkünstler

女歌手约瑟芬
或耗子民族

我们的女歌手叫约瑟芬。谁没有听过她的歌唱，就不会懂得歌唱的魅力。我们无不为她的歌唱所吸引，由于我们民族总体上并不热爱音乐，这就更难能可贵了。静悄悄的安宁就是我们最热爱的音乐；我们的生活很艰辛，即使我们努力摆脱了所有的日常烦恼，也难以再提升到像音乐这样离我们的寻常生活如此渺茫的事物中。我们并不为此而长吁短叹；我们连这种程度都没到；我们认为自己最大的长处就是某种务实的精明，这当然也是我们所急需的，我们总是精明地微微一笑，就把一切都看开了，即便我们 —— 当然，这并没有发生 —— 有朝一日会渴求幸福，而这幸福可能源于音乐。只有约瑟芬是个例外；她热爱音乐并且懂得传播音乐；她是独一无二的；如果她谢世，音乐会随之从我们的生活中消失，谁知道会消失多久。

我常常思索，这种音乐究竟是怎么回事。我们根本没有音乐细胞；我们怎么会理解约瑟芬的歌唱，或者至少自以为——因为约瑟芬否认我们的理解——理解了。也许最简单的回答是，她的歌唱太美妙，振聋发聩。这个回答却并不圆满。假若果真如此，那我们听到这歌唱时，立即而且始终应当觉得不同凡响，觉得从她的歌喉里飘出的是我们闻所未闻也是我们根本没有能力听到的声音，只有约瑟芬——除了她谁也不行——使我们听到了。可我认为完全不是这样的，我没有这种感觉，也没有觉察到别的听众有这种感觉。我们私下里相互坦率地承认，约瑟芬的歌唱并无不同凡响之处。

这真算得上歌唱吗？我们虽然缺乏音乐细胞，却有流传下来的歌唱；我们民族的古老时期就有歌唱，传说讲述着它们，甚至歌曲也保存下来了，今天当然谁也不会唱这些歌了。因此，我们对什么是歌唱有了模糊的概念，而约瑟芬的艺术其实并不符合我们的概念。这真算得上歌唱吗？可能只是吹口哨？吹口哨我们当然都懂；这是我们民族真正的艺术本领，或者说得确切些，不是本领，而是独特的生活表达。我们全都吹口哨，自然谁也不会想到把它作为艺术来表演，我们吹口哨时漫不经心，毫无意识，许多同胞甚至根本不知道，吹口哨是我们的特征之一。假若约瑟芬真的不是在歌唱，只是在吹口哨，她可能——至少我这样觉得——并没有超出一般的吹口哨水平，甚至可能连一般的吹口哨的力气都不够，而一位普通的打地洞者能整天轻轻松松地一边干活一边吹口哨，如果真是这样，虽然驳斥了约瑟芬的所谓艺术家身份，但是，正因如此，更应解开她的深远影响之谜。

她发出的却不只是口哨声。倘若站在离她相当远的地方侧耳细听，或者更好是做一测试，让约瑟芬混在其他声音中歌唱，看能否从中辨别出她的声音，这样所听出来的，绝对只是平平常常的口哨声，充其量是由于纤细或柔弱而稍显特别。可是，如果站在她面前，就会觉得她不只是在吹口哨了；要理解她的艺术，不仅要听她唱，还要看她唱。即便这不过是我们天天都在吹的口哨，它的不同寻常之处首先就在于，郑重其事地登台表演，做的却是最寻常的事。敲开核桃确实不是艺术，因此也就没有谁敢招集一群观众，在大家面前敲开核桃以供消遣。然而，假若谁真这样做，而且如愿以偿，这就不只是单纯的敲开核桃了。就算是敲开核桃吧，可这说明正因为我们开得得心应手，而忽略了这门艺术，正是这个敲开核桃的新手才向我们展现了这门艺术的真正内涵，而且，他如果开得还不如我们中的大多数熟练，这反倒能增强他的表演效果。

约瑟芬的歌唱可能与此类似；在她身上我们所欣赏的，正是我们在自己身上根本不会欣赏的；在后一点上，她与我们的看法完全一致。有一次我也在场，不知哪个提醒她——这自然时有发生——全民族都吹口哨，语气十分谦虚，约瑟芬却已受不了了。她露出那么狂妄自大的冷笑，这还是我从未见过的呢；她看上去无比纤弱，即便在我们民族为数众多的这类女性中也算是很突出的，当时却显得很粗鲁；生性敏感的约瑟芬可能自己也马上意识到了这一点，便连忙加以克制。总之，她否认她的艺术与吹口哨之间有任何关联。对于持相反意见者，她嗤之以鼻，可能还怀恨在心。这并非一般的虚荣心，因为反对派——我也算半个——对她的欣赏绝不亚于大多数听众，但约瑟芬不仅要大家欣赏她，还要大家完全按照她所规定的方式欣赏，对她来说，欣赏本身无关紧要。大家若是坐在她面前，就会理解她；只有离她很远时，才会持反对态度；坐在她面前就会明白：她所吹的口哨并非口哨。

由于吹口哨纯属我们不假思索的习惯，大家可能会以为，约瑟芬演出时，听众里也有吹口哨的；她的艺术使我们感到惬意，而我们感到惬意时，就会吹口哨；可她演出时，没有一位听众吹口哨，全场静悄悄，仿佛我们终于拥有了渴盼已久的安宁，至少我们自己的口哨声使我们得不到这份安宁，于是我们一声不响。使我们陶醉的，是她的歌唱呢，还是她的细弱声音四周的静穆？有一次，约瑟芬演唱时，一个傻乎乎的小家伙不小心也吹起了口哨。这口哨声怎么与我们从约瑟芬那儿听到的一模一样；台上的熟练表演吹得还是怯生生的，台下听众席里在陶然忘我地信口吹着；要指出这两者的区别，简直不可能；然而，我们马上发出嘘声，打着呼哨，将小捣蛋压了下去，尽管根本没有这个必要，因为小捣蛋又羞又怕，肯定已噤若寒蝉，这时，约瑟芬吹起了胜利的口哨，忘乎所以地张开双臂，脖子伸得不能再长了。

她一贯如此，任何小动静、小意外、小干扰，比如前排座位的嘎吱一声响，磨磨牙，灯光的一次故障，她认为都能增强她的歌唱效果；她认为自己是在对牛弹琴；听众不乏热情和掌声，可要说知音，她早就不指望了。因此，种种干扰很合她的心意；与她的纯净歌唱相对立的任何外界干扰都不堪一击；或者仅仅由于这种对立，就已不战而败了，这有助于唤醒听众，虽然不能教会他们理解，却能使他们学会肃然起敬。

小事对她尚且这么有利，更不用说大事了。我们的生活动荡不安，每天都会出现意外、惊恐、希望和震悚，如果不是随时——日日夜夜——都有同胞的支持，个体根本承受不了这一切；即便如此，也常常相当艰难；原本该由某一位独自承担的重负，有时压得成千个分担者的肩膀直颤悠。这时，约瑟芬觉得是她显身手的时候了。她便站出来，这个纤弱的同胞，胸部以下抖动得尤其厉害，似乎她在竭尽全力地歌唱，似乎她身上不直接服务于歌唱的一切都已力量殆尽，没有活路了，似乎她赤条条的，被牺牲，只有祈求善神的庇护，她就这样摆脱了一切，只与歌唱融为一体，似乎一丝冷风吹过，她就会一命归天。然而，见她这副模样时，我们这些所谓的反对派偏偏还爱自言自语："她连吹口哨都不会呢；她非得费九牛二虎之力，才能发出几声谁都会吹的口哨声，而不是在歌唱——我们就别提歌唱了——。"我们就是这种感觉，不过，前面已经讲过，这种印象虽在所难免，却转瞬即逝。我们很快就已沉浸到了大众的感觉中，他们暖乎乎地身体挨着身体，大气不出地洗耳恭听。

我们民族几乎总在奔波，常常为了不很明确的目的东奔西跑，为了将大众招集起来，约瑟芬多半只需把头往后仰，嘴半张着，眼睛朝上翻，摆出一副即将歌唱的姿势。只要愿意，她随便在哪儿都可以这样做，不一定非是很显眼的场地，随她一时的兴致，任何一个偏僻的角落都行。她要歌唱的消息不胫而走，听众随即蜂拥而至。可是，有时候也会出现麻烦，约瑟芬偏偏喜欢在动荡时期歌唱，而这时候，忧虑重重，危机四伏，我们不得不分路而行，因此心有余而力不足，无法像约瑟芬所希望的那样迅速集合，这样，她摆着伟大的姿势站了好一会儿，听众可能还是寥寥无几，她自然就会大发雷霆，使劲跺脚，破口大骂，没点姑娘的样子，甚至咬起牙来。即使这样的行径也无损于她的名声；大家非但不遏制她的苛刻要求，反而极力迎合她；派出信差去招集听众；还把这事瞒着她；然后就可以看到，四面八方的道路上岗哨林立，以便向来者示意，让他们加快步伐；这一切不断进行着，直到听众的数目终于凑合过得去了。

　　我们民族为什么这样为约瑟芬出力呢？要

回答这个问题，难度不亚于回答关于约瑟芬的歌唱的问题，而且，这两个问题紧密相关。如果可以断言，我们无条件地顺从她，是因为她的歌唱，那就可以划掉这个问题，将它与第二个问题合而为一。事实却并非如此；我们民族从来不会无条件地顺从；我们最喜欢的是无伤大雅的精明，毫无心机的交头接耳，一点不惹是生非的饶舌，只是活动活动嘴皮子而已。这样一个民族无论如何也不会无条件地顺从，约瑟芬大概也感觉到了这一点，她竭尽自己的细弱嗓音之所能，所要反对的也正是这一点。

这种泛泛而论自然得有个限度，我们民族还是顺从约瑟芬的，只不过不是无条件罢了。比方说，我们不能取笑约瑟芬。可以承认：约瑟芬有些地方惹我们发笑；我们平时总是动不动就笑；尽管我们的生活充满悲苦，微微一笑还是比较常见的；我们却不取笑约瑟芬。我有时觉得，我们民族是这样理解自己与约瑟芬的关系的，她弱不禁风，需要庇护，在某方面——她自己认为是在歌唱方面——出类拔萃，是被托付给我们民族的，我们必须好好照顾她；至于个中缘由，谁也不清楚，可事实上明摆着就是如此。谁也不会取笑托付给自己的事物；取笑它就是在违背义务；我们中最恶毒的分子有时会说："我们一见约瑟芬就笑不起来了。"这就是对约瑟芬最恶毒的攻击了。

我们民族照顾着约瑟芬，就像父亲对孩子一般，孩子向父亲伸出小手，谁也说不清，这是请求呢，还是要求。大家会以为，我们民族不适于履行这种父亲的义务，其实它做得很出色，至少在照顾约瑟芬上是这样的；在这方面，民族作为整体所完成的事是任何个体都无法做到的。当然，民族与个体的力量有天壤之别，民族只需将受保护者拉近身边，让他感受到温暖，他就已受到充分的保护了。我们可不敢对约瑟芬说这些事。她会说："我才不稀罕你们的庇护呢。""对，对，你不稀罕。"我们这样想。当她闹别扭时，其实算不上反抗，不过是孩子气的做法和孩子气的感激，父亲的态度就是不把这当回事儿。

可是，随之而来的另一个问题就更难用民族与约瑟芬的这种关系来解释了，即约瑟芬的看法相反，她认为是她在保护我们民族，是她的歌唱把我们救出了恶劣的政治或经济境况，她功绩赫赫，她的歌唱即便不能消除不幸，至少给予了我们承受不幸的力量。她没有这样直说，也没有含沙射影地这样暗示，她平时就不多言语，在喋喋不休的同胞中间，她显得沉默寡言，但这话在她的双眸里闪烁，从她紧闭的双唇 —— 我们很少有能闭嘴的，而她就能 —— 流出。每当坏消息传来 —— 有时候，坏消息接二连三地传来，其中混杂着假的和半真半假的 —— 她就立即站起身来，伸长脖子，而她平时总是无精打采地躺倒在地，她想把同胞尽收眼底，就像牧羊人在暴风雨前察看羊群似的。诚然，孩子们也会凭着野性和任性提出类似的要求，不过，约瑟芬的要求并不像孩子们的那样毫无道理。当然啦，她没有挽救我们，也没有给予我们力量，以我们民族的救星自居是轻而易举的，因为我们民族吃惯了苦，不顾惜自己，当机立断，视死如归，只是由于时刻生活在好勇斗狠的气氛中，才显得很怯懦，而且，我们民族不仅勇敢，还繁衍旺盛——我的意思是说，事后以我们民族的救星自居是轻而易举的，因为我们民族总是又设法挽救了自己，即便也做出了牺牲，历史学家为这些牺牲感到触目惊心，而我们总体上根本不重视历史研究。确实如此，恰恰在危急时刻，我们比平时更专心地倾听约瑟芬的声音。迫在眉睫的威胁使我们更沉静、更谦虚，对约瑟芬更惟命是从；我们很乐意聚在一起，我们很乐意挤成一团，尤其因为这样做的缘由与折磨我们的关键问题毫无关系；我们仿佛是在战斗前夕匆匆地——是的，我们必须赶快，可惜约瑟芬老是忘了这一点——共饮一杯和平的佳酿。这与其说是一场歌唱演出，不如说是一次群众集会，在这个集会上，除了前台轻微的口哨声，鸦雀无声；这个时刻太庄严了，谁也不愿瞎聊着虚度。

这样的状况当然不能令约瑟芬满意。她由于自己的地位从不明朗，神经质地感到不快，却还是自视过高，看不到某些方面，而且，不必费大劲就能使她忽视更多的方面，从这个意义上说，也就是从有利于大家的意义上说，一群谄媚者一直在活动，——而如果仅仅是在群众集会的一个角落里歌唱，可有可无，不受重视，即使听众为数不少，她也绝不会一展歌喉。

其实她大可不必如此，因为她的艺术并非不受重视。虽然我们在心里琢磨着别的事，根本不单单是为了聆听歌唱才保持悄然无声，有的听众根本不抬头看台上，而是把脸埋进邻座的毛皮里，约瑟芬像是在台上白费力气，但她的口哨声——这是不可否认的——必定还是多多少少钻入了我们耳中。她的口哨声响起时，大家必须沉默，这口哨声仿佛民族向各成员发出的一个消息；当我们难以抉择时，约瑟芬那丝丝缕缕的口哨声宛如我们民族在敌对世界的风雨飘摇之中勉强维持的生存。约瑟芬挺住了，她的平庸嗓音和平庸歌唱挺住了，打动了我们；念及此，我们深感欣慰。在这种时期，假若我们中间出现了一位真正的歌唱艺术家，我们是绝对不能容忍的，我们会众口一词地拒绝这种荒唐的演出。但愿约瑟芬没有认识到，我们听她歌唱这个事实是对她的歌唱的反证。她对此恐怕依稀有所感，否则为什么极力否认我们在听她歌唱，尽管如此，她一次又一次歌唱，并不理会这种感觉。

不过，她总还能聊以自慰的是：我们某种程度上确实在听她歌唱，或许类似于倾听一位歌唱艺术家；她在我们这儿所取得的效果是一位歌唱艺术家无论如何也达不到的，而这种效果恰恰产生于歌唱技巧的欠缺。这恐怕主要与我们的生活方式有关。

我们民族的成员没有青少年时代，童年也微乎其微。尽管民族常常要求大家保证孩子们获得特殊自由、特殊爱护，承认孩子们有权利快活一些，东游西逛一下，玩耍一会儿，并帮助他们享受这些权利；民族提出这样的要求，大家差不多都赞成，没有比这更符合民意的事了，然而，在我们的现实生活中，也没有比这更无法兑现的事，大家赞成这些要求，努力按要求去做，随即却又一如往昔。我们的生活就是这样的，一个孩子，只要他稍稍能跑，稍稍能辨别周围环境，就必须像成年者一样照料自己；出于经济上的考虑，我们不得不分散而居，我们的地域太广，我们的敌人太多，我们的生活危机四伏，防不胜防，因此，我们不能让孩子们远离生存的斗争,否则他们会夭折。除了这些悲哀的原因,当然还有一个令我们振奋的原因:我们民族繁衍旺盛。每一代都为数众多,一代紧接着另一代,孩子们没有时间当孩子。而别的民族会精心照料孩子们,会为他们办起学校,孩子们天天拥出学校,他们是民族的未来,很长一段时间里,拥出校门的总是同一批孩子。我们没有学校,瞬息之间就从我们民族涌出成群结队的孩子,多得数不胜数,他们还不会吹口哨,便快乐地嘶嘶作声或尖叫着,他们还不会跑,便打着滚挤来挤去滚个不停,他们还什么都看不见,便一块儿笨拙地拽走一切,我们的孩子们啊! 不像在那些学校里,总是同一批孩子,不,我们的孩子层出不穷,没有终结,没有间歇,一个孩子刚出世,就已不再是孩子了,他身后已挤满了新的孩子面孔,他们为数众多,难分彼此,匆匆忙忙,欢欢喜喜,浑身粉扑扑的。当然,这一切未尝不美好,别的民族可能还对我们羡慕不已呢,可是,我们无法给予孩子们一个真正的童年。这种状况的后果就在于,我们民族充满了某种无法泯灭、无法消除的孩子气;与我们的最大长处——我们可靠务实的思维方式——完全相悖,我们有时的行为愚蠢至极,像孩子干傻事一样,荒唐、挥霍、大手大脚、轻率,这样做常常只为了一时的高兴。我们自然不可能再像孩子那样心花怒放,但我们的快乐中绝对有孩子气的开心。从我们民族的孩子气中,约瑟芬一直获益匪浅。

我们民族不仅孩子气,在一定程度上还提前变老,童年和老年在我们这儿完全是另一种概念。我们没有青少年时期,一下子就变为成年者,而成年阶段又太长,因此普遍感到某种厌倦与绝望广泛侵入了我们这个总体上坚忍不拔、充满希望的民族。我们之所以缺乏音乐细胞,恐怕也与此有关;我们暮气沉沉,音乐不适合我们,音乐的激越和振奋与我们的老成持重格格不入，我们疲惫地挥手拒绝音乐；我们退而吹口哨；时不时地吹几声口哨，这就是我们所需要的。谁知道我们中间是否有音乐天才；即便有，我们这种性格的同胞也一定会把他的天才扼杀在摇篮中。约瑟芬却可以随心所欲地吹口哨或歌唱——随她怎么称——她的歌唱不干扰我们，很适合我们的需要，我们完全能受得了；其中即便有一丁点儿音乐，也是微乎其微的；这既维护了某种音乐传统，又没有使我们受任何累。

然而，约瑟芬给我们这个如此情绪的民族带来的，不止于此。在她的演唱会上，尤其是在非常时期，只有小毛孩们才对她这位女歌手感兴趣，只有他们惊讶地瞪大眼睛，瞧她怎样噘起嘴唇，从前排牙齿缝里吹出气来，在歌声中自我陶醉，当歌声逐渐消散时，她利用歌声的减弱，把歌唱推向越来越费解的新高潮，而真正的大众却——这是很明显的——只顾着忙自己的事去了。在斗争的匆促间歇里，全民族都在做梦，每位成员仿佛都瘫软了，就像一刻不停的奔波者终于能在民族的温暖大床上小憩片刻，尽情地舒展四肢。于是，约瑟芬的口哨声时不时地飘入梦中；她称之为珠落玉盘般滚入梦乡，我们称之为闯入梦乡；不管怎么说，音乐往往难逢其时，她的口哨声在这儿算是派上最好的用场了。口哨声中有辛酸而短暂的童年，一去不复返的幸福，却也有当前忙忙碌碌的生活，生活中难解难述、实实在在的小小活力。这一切确实不是高声表述出来的，而是轻声耳语的，口气亲切，嗓音有时还有些沙哑。当然是在吹口哨。怎么可能不是呢？吹口哨就是我们民族的语言，只不过，有些同胞吹了一辈子也不知道这一点，而约瑟芬所吹的口哨摆脱了日常生活的桎梏，也使我们得到了片刻解脱。我们绝对不愿错过这样的表演。

然而，这与约瑟芬所说的那种程度还差得远呢，她认为她在非常时期给予了我们新的力量云云。这当然是老百姓的看法,约瑟芬的谄媚者另当别论。"怎么可能不是这样?"——谄媚者厚颜无耻地说——"除了这,还能如何解释听众云集呢?尤其是有燃眉之急时,大家光是这样跑来跑去,有时就已妨碍了我们采取充分而及时的措施来消除危险。"最后这句话不幸言中了,可这不能算是约瑟芬的功勋,特别是有时候,这种集会遭到敌人的强行驱散,我们的一些同胞不得不丧了命。这一切都应归咎于约瑟芬,甚至可能就是她的口哨声把敌人招引过来的,她却始终占据着最安全的位置,在随从的保护下,一声不响地头一个逃之夭夭。这其实是众所周知的,尽管如此,只要约瑟芬下一回随心所欲地挑个地点,挑个时间,站起身来歌唱,大家又会急急忙忙地奔向她。由此可能会产生这种看法,认为约瑟芬几乎置身法律之外,可以为所欲为,即便她的行为威胁着全民族的生存,仍会得到宽恕。倘若如此,约瑟芬的要求也就完全在情理中了，是的，在某种程度上，可以将民族给予她的这种自由，这份惟她独有、与法律相悖的特殊馈赠视为民族的坦白，民族承认自己——和约瑟芬自己的看法一样——理解不了约瑟芬，不知所措地为她的艺术而惊叹，感到自己不配欣赏她——这使她痛苦——，试图以近乎绝望的努力来补偿她的痛苦，正如她的艺术超出了民族的理解力，民族将她本人及其愿望也置于它的命令威力之外。根本不是这么回事，或许在个别情况下民族会轻易拜倒在约瑟芬的脚下，但从不无条件地对任何成员俯首帖耳，对她当然也不会这样。

很久以来，可能自从约瑟芬的艺术生涯开始，她就在斗争，希望民族考虑到她的歌唱，免去她的所有劳动；就是说，使她不必为一日三餐发愁，不必为与我们的生存斗争相关的一切而忧虑，这些恐怕应当交给全民族共同承担。易受鼓动者——确实有这样的同胞——单单从这个要求的特殊,从她能想出这种要求的精神状态,就会推断出这个要求内在的合理性。我们民族却得出了不同的结论,直截了当地拒绝了这个要求。民族也不大费力去反驳她提出这个要求的种种理由。比如,约瑟芬指出,劳动的辛苦会损害她的嗓音,虽然与歌唱时的艰辛相比,这点辛苦不值一提,可是这样的话,她在歌唱之后就不能好好休息,以便为下一次演唱养精蓄锐,等到下一次演唱时,她即便竭尽全力,仍然达不到最佳状态。民族听她陈述理由,然后置之不理。这个很容易被打动的民族,有时却心硬似铁。有时民族拒绝得斩钉截铁,就连约瑟芬也愣住了,她像是顺从了,乖乖地干着她那份活儿,尽其所能地歌唱,可这只持续了一小会儿,接着,她又抖擞起精神开始斗争了——只要是斗争,她似乎有使不完的劲儿。

显然,约瑟芬所真正谋求的并非她的要求

本身。她很理智，她不怕劳动，我们民族根本就没有好逸恶劳的成员，即使她的要求被批准，她的生活与先前肯定也没什么不同，劳动一点儿不会妨碍她的歌唱，她的歌唱当然也不会更美妙——她所谋求的，不过是民族对她的艺术的承认，这个承认应当是公开、明确、恒久，远远打破一切先例的。她在别的事上几乎都能如愿以偿，惟独这个要求碰壁了。或许从一开始，她就应当把矛头指向另一个方向，或许现在她自己也意识到了这个失策，可她已骑虎难下，退却意味着背叛自己，她已不得不与这个要求共存亡。

倘若如她所说，她真有敌人的话，敌人只需袖手旁观这场斗争，就会很开心了。但她并没有敌人，即便有的同胞对她时有微辞，也不会有幸灾乐祸之感。因为在这场斗争中，民族显出严峻的法官姿态，这在平时是极其罕见的。即使有谁赞同民族在这件事上所采取的态度,一想到有朝一日,民族对他可能也会采取这种态度,也就高兴不起来了。与约瑟芬的要求类似,民族的拒绝也不在事情本身,而在于,民族竟能如此铁石心肠地拒绝一位成员,而且,民族平常越是慈父般地照顾这位成员,甚至不免低声下气,这时就越是铁石心肠。

拒绝者如果不是全民族,而是某一位同胞,大家可能会认为,这位同胞在约瑟芬接连不断的苛刻要求下一直在让步,终于必须结束他的让步了;他已超乎个体的力量,做出了许多让步,同时他也深信,让步无论如何还是会有限度的;是的,他做出不必要的让步,只是为了加快事情的进程,只是为了宠坏约瑟芬,促使她不断提出新愿望,直到她真的提出这最后一个要求;这时,他自然斩钉截铁地一口回绝,因为他早已严阵以待了。而民族绝对不会这样做,民族无需要这种手腕,而且,民族对约瑟芬的崇拜是真心诚意、久经考验的,是约瑟芬的要求实在太高了,这个要求会有怎样的结局,任何一个机灵的小孩都能告诉她;尽管如此,这种揣测掺杂在约瑟芬对这事的看法中,给她遭到拒绝的痛楚伤口上又撒了一把盐。

她虽然这样揣测,却并不因此就偃旗息鼓了。最近一段时间,她甚至斗争得更激烈了;迄今为止,她只进行舌战,现在却开始采取了别的手段,她自以为这些手段更有效,而我们认为,这对她更危险。

有些同胞认为,约瑟芬之所以变得如此咄咄逼人,就是因为她感觉自己正在变老,她的嗓音暴露出了衰弱,因此,她觉得已经到了紧急关头,必须为了得到承认而发动最后一场战斗。我却不这样认为。假若真是这样,约瑟芬就不成其为约瑟芬了。她不可能认为自己会变老,自己的嗓音会变得衰弱。她如果提出什么要求,不会是客观原因使然,而是出于内心的逻辑。她伸手去够挂在最高处的桂冠,不是因为桂冠这时候刚好挂得低了些，而是因为这是最高处的桂冠；假使让她来管桂冠，她还会把它挂得更高。

她虽然根本不在乎外界困难，对最不光彩的手段却照用不误。在她眼里，她的权利是天经地义的；至于权利是如何得来的，又有什么关系呢；尤其因为在这个世界上，正如她亲眼所见，恰恰是光明正大的手段肯定行不通。可能就是出于这个原因，她甚至将这场争取自身权利的战斗从歌唱领域转移到了另一个对她来说不很重要的领域。她的随从四处散布她的言论，说她自认为完全能凭自己的歌唱，让各阶层的民众，包括隐藏得最深的反对派，都感到真正的赏心悦目，这种赏心悦目并非民族所指的那种——民族认为听约瑟芬的演唱时，向来就有这种感觉——而是指符合约瑟芬的要求的赏心悦目。她却又加了一句，由于她不能以次充好，迎合低级趣味，所以只能一如既往地歌唱。然而，当她为摆脱劳动而斗争时，就不一样了，尽管这也是为她的歌唱而进行的斗争，但她并没有直接以歌唱这个珍贵武器来要挟，这样说起来，她所使用的任何手段都够正当了。

比如流传着这样的谣言：如果不对约瑟芬让步，她就打算减少花腔。我对花腔一窍不通，从没听出她的歌唱里有什么花腔。约瑟芬却想减少花腔，暂时还不完全去掉，只是减少而已。据说她已经照她的威胁做了，可我没听出这与她以往的歌唱有任何区别。全民族都和往常一样听了她的歌唱，没有对花腔发表意见，也没有改变对约瑟芬的要求所持的态度。约瑟芬的念头有时就像她的身体一样不乏优雅。比如，那次演唱之后，她似乎觉得关于花腔的决定对于民族来说太严厉或太突兀了，便宣布下次又会完整地唱花腔。可是，下一次演唱之后，她又改变了主意：辉煌的花腔就这样永远消失了，除非民族做出对约瑟芬有利的决定，否则花腔一去不复返。民族把她的所有声明、决定以及出尔反尔只当耳旁风,就像陷入沉思的成年人对孩子的闲话充耳不闻,虽然态度和蔼,却一句也没听进去。

可是,约瑟芬不肯罢休。比如,她最近声称,劳动时脚受伤了,她要站着歌唱就很困难;但她非得站着才能歌唱,因此不得不缩短歌唱时间。虽然她走得一瘸一拐,让随从搀扶着,谁也不相信她真的受伤了。即便我们承认她弱不禁风,我们毕竟是个劳动的民族,约瑟芬也是其中一员;要是我们擦破点皮就一瘸一拐,那全民族都跛个没完了。她尽可以像跛子一样让随从搀扶着走,她尽可以更频繁地摆出这副可怜相,民族照样倾听她的歌唱,心存感激,和以前一样为之陶醉,并没有为演唱时间的缩短而大惊小怪。

她毕竟不能老跛着,于是想出了新花招,她提出诸如累了,心情不好,身体虚弱等借口。

这样，我们在演唱会上还有一出戏可看。我们看见在约瑟芬身后，她的随从如何恳求她歌唱。她很想唱，却唱不了。随从们安慰她，围着她说奉承话，几乎是把她抬到已选好的演唱地点。她不知为何眼泪汪汪，终于让步了，当她显然下定最后的决心，就要开始歌唱时，她的身子却虚弱无力，双臂不是像往常那样前伸，而是有气无力地低垂着，看上去仿佛短了一截——她刚要开始歌唱，却又不行了，她生气地一摆头，就瘫倒在我们面前了。可她紧接着又挣扎着站起来歌唱，我认为她唱得与平时没多大不同，如果谁听觉灵敏，能分辨出最细微的差异，或许会从中听出超乎寻常的激动，而这只会使她的歌声更动听。唱到末了，她甚至没有先前那么累了，步伐稳健地——如果可以这样形容她的一溜小跑——走远了，不要随从的任何帮助，用冷冷的目光审视着对她充满崇敬、为她让道的大众。

这都是不久前的事了,最新情况是,有一次该她演唱时,她却销声匿迹了。不仅她的随从在找她,许多同胞也投入到寻觅工作中,但全都白费工夫;约瑟芬销声匿迹了,她不愿歌唱,甚至不愿大家请她歌唱,她这次是彻底离开我们了。

真奇怪,聪明的约瑟芬竟打错了算盘,错得一塌糊涂,让大家简直以为她毫无心计,只是听凭命运的摆布,而在我们的世界里,她的命运只会十分悲惨。是她自己不唱歌了,是她自己毁掉了她征服民心而赢得的权力。她如此不了解民心,居然还赢得过这份权力!她躲起来,不唱歌,民族却安之若素,无比威严,一个圆满自适的群体,其实——即使表面上不是如此——只会馈赠,从不接受任何馈赠,包括约瑟芬的,我们民族继续走自己的路。

而约瑟芬只会每况愈下。过不了多久,她将吹出最后一声口哨,然后就悄无声息了。她是我们民族的永恒历史中的一个小插曲，民族将弥补这一损失。对我们来说，这不会是件容易事；集会怎能鸦雀无声呢？当然，以前有约瑟芬的集会不也是沉默的吗？难道她那时的口哨声比回忆中的响亮得多，生动得多？在她的有生之年，这不就是一个淡淡的回忆？民族不就是因为约瑟芬的歌唱在这一点上不可或缺，才明智地把她捧得那么高？

我们可能根本不会有多大损失，而约瑟芬摆脱了尘世的烦恼——她认为，只有出类拔萃者才会承受烦恼——，跻身于我们民族的无数英雄中，将会快乐地消失，由于我们不撰写历史，她很快就会像她的所有兄弟一样，在更高的解脱中被忘却。

杨劲 译

Franz Kafka
Das erzählerische Werk

Ein Hungerkünstler

与祷告者的谈话

有一段时间,我天天去一座教堂,因为我爱上的一个女孩傍晚在那儿跪着祷告半小时,这时,我就可以从容地观察她。

有一次,这个女孩没有来,我闷闷不乐地瞧了瞧祷告的人们,一个年轻人引起了我的注意,他那瘦削的身子扑倒在地上。他不时地使尽浑身力气揪住自己的头发,叹息着把脑袋往平放在石头上的手掌里撞得咚咚响。

教堂里只有几个老妇人,为了看这位祷告者,她们屡屡把头巾包着的头扭向那一侧。她们的注意似乎使他感到幸福,因为每次他的虔诚举动爆发前,他都要扫视一下,看看观众多不多。我对他的做法很反感,决心等他走出教堂时,叫住他,问个明白,他为什么以这种方式祷告。是的,我很恼火,因为我的女孩没有来。

可他过了一个小时才站起身,一丝不苟地

画了个十字,一步一歇地走向圣水盆。我堵在从圣水盆到门之间的路上,想好了,他要是不解释清楚,我是不会让他过去的。我咧着嘴,每当我下定决心要说话时,总会这样做准备。我把右腿往前迈了一步,身体重心移到这条腿上,左腿只随随便便地踮在脚尖上;我这样也站得很稳。

可能这个人往脸上洒圣水时,瞟见了我,也可能在此之前,他就已注意到了我,有些害怕,因为他这时出其不意地跑出了门。玻璃门砰地关上了。我随即走出来,却再也看不见他的踪影,因为面前有几条狭窄的小街,人来车往,交通繁忙。

这之后的几天里,他没有出现,而我的女孩来了。她身穿黑衣,衣肩上有透明的花边——花边下露出月牙形的衬衣边——,花边底部的丝绸与裁剪得很好的领子连在一起。女孩一来,我就忘了那个年轻人,尽管他后来仍按时出现,而且照老一套祷告,我也不去理会他了。他却总是急匆匆地从我身旁走过,还转过脸去。可能是因为我印象中的他一直是活动着的,即便他站着,我也觉得他在蹑手蹑脚地走。

有一次,我在自己的房间里耽搁迟了。但我还是去了教堂。我发现女孩已经不在,就想回家。当时,这个年轻人又趴在那儿。我想起了先前的事,不禁感到好奇。

我踮着脚轻轻走向门口,给了坐在那儿的瞎乞丐一个硬币,挨着他靠在那扇敞着的门后面;我在那儿坐了一个钟头,可能显得很阴险。我待在那儿觉得很舒服,决心常来坐坐。第二个钟头里,我觉得为了那个祷告者坐在这儿很荒唐。可我还是等了第三个钟头,气恼地任蜘蛛爬上我的衣服,这时,最后几个人大声出着气,走出了昏暗的教堂。

他也走过来了。他走得小心翼翼,双脚踩地之前先稍稍碰一下地。

我站起身，径直跨上一大步，抓住这个年轻人。"晚上好。"我说，拎着他的衣领，把他推下台阶，来到有亮光的地方。

我们站在下面时，他心虚胆怯地说："晚上好，亲爱的，亲爱的先生，您别生我的气，我是您最忠实的仆人。"

"行，"我说，"我有话想问您。先生，上次您跑掉了，今天您可休想溜走。"

"您发发慈悲，我的先生，您会让我回家的。我很可怜，这是真的。"

"不，"我喊道，喊声融进了身旁驶过的有轨电车的嘈杂声，"我不让您走。我就是爱听这种故事。抓住您是我的运气。我祝贺自己。"

他说："天哪，您有一颗活泼的心和一个花岗岩脑袋。您说抓住我是您的运气，您一定很幸福！因为我的不幸是一种摇晃不定的不幸，在细细的顶端上摇来晃去的不幸，如果碰到它，它就落在提问者头上。晚安，我的先生。"

"好吧,"我说道,紧紧抓住他的右手,"您若是不回答我的问题,我就在这儿,在这街上大声叫喊。商店里的女孩们正下班走出来呢,她们的情人们正在商店外面等着她们呢,他们全都会聚拢来,以为一匹拉车的马摔倒了,或者类似的事发生了。到时候,我就让大家看您。"

他一边哭,一边交替吻着我的双手。"您想知道什么,我都告诉您,不过求求您,我们去那边的小街吧。"我点点头,我们就走了过去。

可他觉得小街上还不够暗,在那儿,稀疏的路灯亮着昏黄的光。他把我带到一所老房子低矮的过道里的一盏小灯下,这灯挂在木板楼梯前,滴着油。

他煞有介事地拿出手帕,一边将它铺在楼梯上,一边说:"您坐下吧,亲爱的先生,这样您更好提问题,我就站着,这样我更好回答问题。可别折磨我啊。"

我坐了下来,眯缝着眼抬头看着他,说道:

"您是一个古怪的疯子,这就是您!您在教堂里是什么举止!这多气人,让旁观者多不舒服!如果不得不看着您,还怎么能保持虔诚肃穆!"

他把身体紧贴着墙,只有脑袋还可以活动。"您别生气——您干吗要为与己无关的事动怒呢?若是我自己举止不得体,我会生气;假若只是别人行为不端,我倒会高兴。如果我说,我的生活目标就是被人注视,您可别生气。"

"您说什么,"我喊道,在这低矮的过道上,这喊声显得特别响亮,可我害怕声音减弱,"真的吗,您在说什么呀。是的,我已经预感到了,自从第一次见到您,我就已预感到了您的状况。我有这种体验,不是开玩笑,这就像在陆地上晕船的感觉。这种感觉的本质在于,您已忘了事物的真名实姓,现在匆忙之间将偶然想起的名字加在它们身上。要快,要快!可是,您刚一离开它们,就又忘了它们的名字。田野里的白杨,您曾称之为'巴比伦塔',因为您不知道或不想知道，这是一棵白杨，现在它重又无名无姓地摇来晃去，您就不得不称之为'喝醉酒的诺亚'。"

他说："我很高兴没有听懂您所说的。"他这话让我有些惊愕。

我急了，匆匆说道："您为此而高兴，这就表明您已听懂了。"

"我当然表明了这一点，尊敬的先生，可您说的话也很古怪。"

我把手支在上面一级楼梯上，身体往后靠，以这种无懈可击的姿势——这是摔跤手的最后一招——问道："您以一种可笑的方式为自己开脱，这就是假设别人都处于您的状况。"

一听这话，他变得大胆了。他把双手合拢，使身体成为一个整体，然后略微不情愿地说："不，我这样做并不针对任何人，比如，也不针对您，因为我做不到这样。我如果能这样，倒会很高兴，因为这样的话，我就不需要教堂里的人们注意我了。您知道我为什么需要他们的注意吗?"

这个问题使我不知所措。我肯定不明其因,而且我觉得我也不想知道它。我心想,我原本也不愿到这儿来,是这个人逼着我听他讲话的。因此,我现在只需摇摇头,向他表明我不明其因,可我的头动不了。

站在我面前的这个人微笑了。接着,他蹲下身,做着困倦的鬼脸,开始讲:"我对我的生活从来都没有坚定的信念。当我把握周围的事物时,总觉得它们已日薄西山,总认为它们曾经风华正茂,现在却趋于没落。亲爱的先生,我总想看看事物在我面前显现之前是什么样子。它们那时肯定美丽而宁静。一定是这样,因为我经常听到人们这样谈到它们。"

他见我一言不发,只是脸上不由自主地抽搐着,表明我心中不快,就问道:"您不相信人们这样谈论?"

我想我必须点头，可我的头动不了。

"您真的不相信吗？您听好了：我小的时候，睡了会儿午觉，睡眼惺忪地听见母亲从阳台上问下面，语气十分自然：'亲爱的，您在干吗呢。天这么热。'花园里传来一个女人的回答：'我在草地上吃点心。'她们说起来不假思索，而且不太清楚，似乎这番话全在意料之中。"

我想我被问住了，于是，我掏着后面的裤兜，像是在找东西。可我什么也没找，只是想改变我的表情，以便显露出对谈话的关切。我一边掏一边说，这件事太奇怪，我简直摸不着头脑。我还加了一句，我不相信这是真的，它一定是为了某个目的 —— 我一时还看不出是什么目的 —— 而杜撰的。然后我闭上双眼，因为眼睛很疼。

"哦，这真不错，您同意我的看法，而且，您把我拦住，就为了对我说这话，这一点都不自私。

"对吧,我为什么应当羞愧呢——或者说,我们为什么应当羞愧呢——,难道就因为我没有笔直而吃力地走路,没有用拐杖敲着石板路面,没有擦着大声走过我身旁的人们的衣服?难道我不可以理直气壮地抱怨,我是个溜肩膀的影子,沿着房屋蹦蹦跳跳,有时消失在橱窗玻璃里?

"我过的是什么样的日子!为什么所有房屋都修得如此糟糕,高楼倒塌的事时有发生,大家连一个表面原因都找不着。于是我爬到废墟上,问我所遇见的每个人:'这怎么可能!在我们的城市里——一幢新楼——这已经是第五幢了——您想想吧。'没有人能回答我的问题。

"常常有人倒在街上,陈尸街头。这时,街上所有开店铺的商人就会打开他们用货物罩住的门,敏捷地走过来,把死者拖进一所房子,然后走出来,满面笑容地说道:'你好——天清云淡——我在卖很多头巾——是呀,战争。'

我跳进这所房子,好几次胆怯地举起弯曲的手指,终于敲了敲楼房管理员的小窗户。'老兄,'我友好地说,'有个死人被拖到您这儿来了。请您让我看看他,我求您了。'他摇摇头,似乎犹豫不决,我干脆地说:'老兄。我是秘密警察。请马上让我看看死人。''一个死人?'他问道,像受了侮辱一般。'不,我们这儿没有死人。这是一户规矩人家。'我道声别,走了。

"可是接着,当我穿过一个大广场时,就把这忘得一干二净了。穿过广场很费劲,这使我感到很困惑,我常常寻思着:'既然人们完全是出于自负,修建了偌大的广场,为什么不修一道穿越广场的石栏杆呢? 今天刮着西南风。广场上风吹得呼呼响。市政厅的塔尖晃着小圈儿。为什么不让人群安静点儿呢? 所有的窗玻璃喀嚓作响,路灯柱像竹子一样被风吹弯了腰。柱子上圣母马利亚的袍子卷成一团,被狂风撕扯着。难道没有人看见吗? 先生们和女士们原本是走在石板路上，现在却悬浮在空中。风歇口气时，他们就站住，互相说几句，躬身致意，然而风又吹起来了，他们敌不过风，双脚同时离了地。虽然他们不得不紧紧抓住帽子，却快活地东瞧西看，如坐春风。只有我感到很害怕。'"

我苦不堪言，说道："您先前讲的那个关于您母亲和花园里的女人的故事，我觉得一点也不奇怪。我不仅听说过和经历过许多这类故事，甚至参与过一些故事。这件事十分自然。如果是我的话，您认为我在阳台上不会说同样的话吗？在花园里不会做出同样的回答吗？一件如此简单的事。"

我说完这话，他显得很快慰。他说，我穿得很漂亮，他很喜欢我的领结。我的皮肤多么细嫩。收回坦白时，坦白就变得无比清楚了。

杨劲 译

Franz Kafka
Das erzählerische Werk

Ein Hungerkünstler

与醉汉的谈话

我小步走出房门,那镶嵌着月亮和星星的浩渺苍穹以及环形广场上的市政厅、马利亚柱和教堂都压了过来。

我从容地从暗处走入月光中,解开外套扣子取暖;然后,我举起手,让深夜的呼啸声沉寂下来,开始寻思着:

"怎么回事,你们这样做,仿佛你们是实实在在的。莫非你们想让我相信,我——滑稽地站在长满青苔的石板路上——不是实实在在的?然而,你天空,你曾是实实在在的,这已是很久以前的事了,你环形广场,你从来就不是实实在在的。

"的确,你们一直比我优越,可这只是当我对你们不予理睬时。

"谢天谢地,月亮,你不再是月亮,不过,可能是我一时疏忽,把你这被称为月亮之物仍叫作月亮。当我称你为'被忘却的颜色奇特的纸灯笼'时,你为什么就不再那么傲慢了? 当我称你为'马利亚柱'时,你为什么差点隐没? 当我称你为'洒黄光的月亮'时,再也认不出你马利亚柱咄咄逼人的态度了。

"看来,自我思考对你们确实没有好处;你们勇气消退,健康耗损。

"上帝啊,思考者一定要向醉汉学习,才会大有裨益!

"怎么到处都已静悄悄? 我想没风了。那些经常像在轮子上滚过广场的小房子被踩得动弹不得 —— 安静 —— 安静 —— 根本看不见那条平时将房子与地面分开的细细的黑线。"

我跑了起来。我一口气绕着大广场跑了三圈,没有遇到一个醉汉,于是我跑向卡尔街,没有放慢速度,也没有觉得吃力。墙上的影子和我并排跑着,常常比我小,就像在墙与街面之间的窄路上一样。

我跑过消防队的房子时，听见小环形路那边传来喧闹声，我在那儿转弯时，看见一个醉汉站在井栅栏旁，双臂平支开，穿着木拖鞋跺着脚。

我先是站住了，以便让喘气平缓下来，然后走向他，脱下礼帽并自我介绍："晚上好，纤弱的贵人，我二十三岁了，却仍无名无姓。而您来自巴黎这座大都市，肯定有令人惊异、悦耳动听的名字。您的周围弥漫着法国没落贵族完全非天然的气息。

"您的眼圈呈青黛色，您一定见到了那些高贵的女士，她们已经站在又高又亮的阳台上，扭动着纤细的腰肢，嘲讽地转过身来，她们的长裙铺展在台阶上，裙子的后摆还拖在花园的沙地上。——不是吗，仆人们爬上星罗棋布的长杆子，他们身穿剪裁得很不庄重的灰色燕尾服，白裤子，双腿绕在杆子上，上身却经常往一侧后仰，因为他们必须从地上拾起绳子上的巨大平纹亚麻布,把它紧绷在高处,因为这位高贵的女士想看见一个雾气氤氲的清晨。"他打着嗝儿,这使我说话都有些战战兢兢的:"的确,您来自,先生,您来自我们的巴黎,来自风云突变的巴黎,哦,来自这种热情似火的冰雹天气,对吧?"他又打起了嗝儿,我难堪地说:"我知道,这是我莫大的荣幸。"

我迅速扣上外套扣子,然后热烈而腼腆地说:

"我知道,您认为不值得回答我的问题,但我今天如果不问您,必定会日日以泪洗面,度过此生。

"我求您了,如此打扮的先生,人们对我讲的是真的吗? 巴黎是不是有这样的人,他们只是装饰服,是不是有这样的房屋,它们只有堂皇的大门,夏日的天空一片蔚蓝,贴在空中的心形小白云更增添了它的妩媚,是这样的吗? 那儿是不是有一个观众络绎不绝的珍奇物品陈列馆，里面全是树，每棵树上挂着一个小牌子，写着赫赫有名的英雄、罪犯和情人的名字？"

"还有这样的传闻！显然是胡编乱造！"

"巴黎的街道突然分出岔路，对吧；街道上并不安宁，对吧？并不总是秩序井然，这怎么可能呢！一旦发生事故，人们就会从邻街蜂拥而至，迈着大城市人的步伐，走路时脚只稍稍点着路面；人们虽然很好奇，却又担心会大失所望；他们呼吸急促，把小脑袋往前伸。而他们碰在一起时，就会互相深鞠躬，请求原谅：'非常抱歉，—— 我不是有意的 —— 人太多太挤，请您原谅，我请求 —— 是我不小心 —— 我得承认。我的名字是 —— 我的名字是叶罗姆·法罗什，我是卡柏丹大街上开调味品铺子的 —— 请允许我邀请您明天共进午餐 —— 我妻子也会很高兴。'他们就这样聊着，这时，小街上已混混沌沌，烟囱里冒出的烟飘散在房屋之间。就是这样的。很有可能，在优雅市区的一条热闹的林荫大道上,停着两辆马车。仆人们庄重地打开车门。八条纯种西伯利亚狼狗跳下了车,跳跃着,狂吠着,一路顺着车行道跑。这时有人说,它们就是乔装打扮的巴黎花花公子。"

他的眼睛快闭上了。我不说话时,他把双手插进嘴里,拽着下巴。他的衣服脏兮兮的,他可能是被人从酒馆赶出来的,他自己还不清楚是怎么回事。

也许在白昼与黑夜之间的这个十分安宁的小间歇里,我们不由自主地耷拉着脑袋,一切都停滞不动,——我们没有注意到,因为我们没有观察这一切——,继而消失。我们弯着身子独自待着时,顾盼四周,却再也看不见什么,也不再感到空气的阻力,但是,我们内心牢牢地抓住回忆,记得离我们不远有座带顶的房子,所幸还有方形的烟囱,黑暗顺着烟囱流进了房子,顺着阁楼流入了各种各样的房间。而明天又是一天——尽管这难以置信——人们将会看见一切,这是一桩喜事。

这时,醉汉扬起眉毛,使得眉毛与眼睛之间出现了一片光亮,他断断续续地解释道:"是这样的 —— 我困得很,所以要去睡觉了。—— 我有一个妹夫在温泽尔广场附近 —— 我就去那儿,因为我住在那儿,因为那儿有我的床。—— 我这就走。—— 我只是不知道他叫什么,他住在哪儿 —— 我像是忘了 —— 不过没关系,因为我连是不是有一个妹夫都不知道了。—— 我这就走。—— 您认为我会找到他吗?"

我毫不犹豫地回答道:"肯定会的。不过,您是外地人,您的仆人们恰巧不在您身边。请允许我为您带路。"

他没有回答。于是,我伸出胳膊让他挽着。

杨劲 译

Franz Kafka
Das erzählerische Werk

Ein Hungerkünstler

喧嚣

我坐在自己的房间里,这是整套住宅喧闹的大本营。我听见所有的门噼啪作响,这响声只盖住了门与门之间奔来跑去的脚步声,可我还是听到厨房里的灶门啪的一声关上。父亲撞开我的房间的门,拖曳着睡衣走过来,隔壁房间在扒炉灰,瓦丽的大声嚷嚷一字一句地从前厅传来,她问父亲的帽子是否刷过了,这嘶嘶声我听着还舒服些,可随之而来的是大喊大叫的回答。住宅门的把手发出噪音,仿佛患了黏膜炎的喉咙里发出的声音,接着,随着一个女人的歌声,门开了,最后,门被猛地撞上了,发出沉闷的巨响。父亲走了,现在开始了更轻柔、更漫不经心、更绝望的喧闹,这是两只金丝雀的叫声起的头。我早就想到过,现在听到金丝雀的叫声,重又想起了,我是否应当把门启开一条小缝,蛇一样地爬进侧屋,就这样趴在地上,请求我的妹妹们及其女仆安静下来。

       杨劲 译

Franz Kafka
Das erzählerische Werk

Ein Hungerkünstler

煤桶骑士

煤全用完了，桶里空空如也，铲子毫无用处，炉子呼吸着寒冷，房间里满是寒气。窗前的树木僵在霜冻中，天空像一面银盾，挡住向它求助的人。我一定得有煤，我不能冻死。我后面是冰冷无情的炉子，前面是同样冰冷无情的天空，因为这个缘故，我必须在它们之间快快地骑着煤桶跑，在中间地带找煤炭行老板帮忙。对我一般的求助他已经无动于衷了，我必须向他证明，证明我连一粒煤灰也没有了，因而他对我而言就如同苍穹下的太阳；我到那里的时候，必须像个行将饿死在大户人家门槛上的乞丐，喉头喘着气，使得他家的厨娘肯把最后一点咖啡渣灌进他的嘴里，煤炭行老板也定会这样忿忿然，但在"你不可杀人"这戒律的光芒下，给我的桶铲上满满一铲煤。

这事结果如何就看我的升天之行了，因此

我骑着煤桶去。作为煤桶骑士，我的手抓住桶把手这最简陋的器具，很困难地转着下楼梯，到了底下，我的桶就升起来了，真是壮丽无比。趴在地上的骆驼，在主人的棍棒下战栗着站起来的样子，也没有如此壮观。它不慌不忙快步走过冰冻的巷子，我常被托到二楼那么高，从未降到大门那么低。到了煤炭行的地窖穹隆前我就飘得出奇的高，在这地窖里，他正蹲伏在小桌前书写着，屋里过热，他开着门好让热气散掉。

"煤店老板！"我用被寒冷掏空了的声音叫他，哈出的气包围着我，"老板，请给我一点煤。我的煤桶整个儿空了，我都可以骑它了。行行好吧。我一有钱立刻就还你。"

煤炭商把手搁到耳朵上，"我没听错吧？"他回头顺过肩膀问他的妻子，她坐在炉旁的长凳上织毛衣，"我没听错吧？有顾客。"

"我什么也没听见。"他的妻子说。她很舒服地背靠炉火，安安静静地打着毛线活儿。

"对呀，"我喊道，"是我呀，一个忠心的老顾客，十分忠心，只不过目前不名一文。"

"老婆，"煤炭商说，"是的，是有人，我不至于错得那么离谱的，一定是个老顾客，非常老的顾客，他知道用话打动我的心。"

"你是怎么了？老公，"妻子说，她停了一会儿，把毛线活儿搂在胸前，"没有人来，巷子是空的，我们所有的顾客都备好煤了，我们大可关几天门休息休息。"

"可我是在这儿的呀，我坐在桶上，"我喊道，寒气把我弄得泪眼模糊，"请往上看看，你们立刻就会发现我的，我想求你们给我一铲煤。如果肯给两铲，那我可就喜出望外了。所有其他顾客都已有煤了。啊！如果能听到煤劈劈啪啪倒入桶的声音该有多好啊！"

"我就来。"煤炭商说着就抬起他那短短的腿要上地窖楼梯，可是他的妻子已经到了他身旁，拉住他的手臂说:"你留在这儿,如果你一定要固执到底,那我就上去。自己想想,你昨晚咳得多厉害。可是,为了一笔生意,即使是一笔想象的生意,你就忘记老婆孩子,连自己的肺也不顾。我去。""那你就把我们有些什么存货都告诉他,我在底下把价格喊给你听。""行。"妻子说着就上到巷子里来。她自然一下子就看到我了。"煤炭嫂,"我喊道,"致以忠诚的问候,就一铲煤,直接装进这桶里,我自己送回家去,一铲最次的煤,钱我自然会照数全付的,只不过不能立刻付,不能立刻。"这两句"不能立刻"是什么样的钟声啊,和近处教堂传来的晚钟声搅在一起又是多么扰人心绪啊!

"他要的是什么呀?"煤炭商喊着问。"没要什么,"妇人喊着回答,"根本没人,我看不到什么,听不到什么,只不过是响了六点钟,我们可以关门了。天冷得要死,明天我们肯定事情少不了。"

她看不到什么,听不到什么,然而,她还是解下围裙,想用它把我赶走,要命的是她如愿了。我的煤桶具备良好坐骑的一切长处。只是它没有抵抗力,它太轻了,被一条女人的围裙一赶,它就站不住脚了。

"你这恶毒的女人,"当她一边转身回店,一边不屑而又满意地向空中挥打着时,我对她喊道,"你这恶毒的女人! 我请求你给一铲最次的煤,而你就是不给我。"就此我升入冰山之域,永远消失于其中。

谢莹莹 译

Franz Kafka
Das erzählerische Werk

Ein Hungerkünstler

司炉

十七岁的卡尔·罗斯曼被他那可怜的父母发落去美国,因为一个女佣勾引了他,和他生了一个孩子。当他乘坐的轮船慢慢驶入纽约港时,那仰慕已久的自由女神像仿佛在骤然强烈的阳光下映入他的眼帘。女神好像刚刚才高举起那执剑的手臂,自由的空气顿然在她的四周吹拂。

"多么巍然!"他自言自语地说,一点儿也没想到该下船了。一群群行李搬运工簇拥着擦他身旁流过,他不知不觉地被推到了甲板的栏杆旁。

"喂,您还想不想下船?"一位在旅途中萍水相逢的年轻人走过他身边时喊道。"我这就下去。"卡尔微笑着对他说,随之把行李箱扛到肩上,显得满不在乎的样子,因为他还是个年轻力壮的小伙子。他目送着那位稍稍挥了挥手杖便随着人群离去的相识。这时,他突然想起自己把雨伞忘在船舱里了。他急忙上前求这位显然不大情愿的相识帮他照看一会儿箱子,匆匆地看了看眼前的情形,看好了折回去的路,便一溜烟似的跑去了。到了下面,他懊恼地发现本来可以供他走捷径的一条通道现在关闭了,这大概是因为所有的旅客都已经上了岸。于是他不得不穿过数不胜数的小舱间,沿着拐来拐去的走廊,踏着一道接一道上上下下的扶梯,艰难地寻找着那间里面仅摆着一张写字台的空房间。这条道他仅仅走过一两次,而且总是随着大流走的,他最终完全迷了路。他一筹莫展,连个人影也见不到,只听见头顶上响着成千上万咯噔咯噔的脚步声和那从远处传来的已经熄火的机器最终呵气似的转动声。他开始四处乱撞,随意停在一扇小门前,不假思索地敲起门来。"门开着。"里面有人喊道。卡尔急不可待气喘吁吁地推开门。"您干吗这么狠狠地打门?"一位彪形大汉问道,几乎看也不看卡尔一眼。一丝微弱昏暗的余光从上层船舱透过某个天窗,映进这寒酸的小舱室里。室内一张床,一个柜子,一把靠背椅连同这个人拥挤不堪地排列在一起。"我迷路了,"卡尔说,"这条船大得惊人,可我在旅途中丝毫也没有这种感觉。""是的,您说对了。"这人带有几分自豪说,依旧忙着修理一只小箱子的锁;为了听到锁舌咔哒锁上的声音,他用手把锁压来压去。"您进屋来吧!"这人接着说,"您可别老站在门外呀。""不妨碍您吗?"卡尔问道。"啊呵,您怎么会妨碍我呢!""您是德国人?"卡尔试探着要弄个明白,因为他听说过许许多多关于初到美国的人遭受无妄之灾的事,尤其是爱尔兰人作恶多端。"是,是的。"这人回答说。卡尔依然迟疑不决。这时,这人突然抓住门把手,狠力一拉,迅速关上了门,卡尔被拽进了屋里。"我无法忍受有人从走道上往里面看着我。"这人说着又修理起他的箱子,

"无论谁路过这儿都往里面看看，这让人受得了吗？""可这会儿过道里一个人影也没有。"卡尔说着紧紧巴巴地挤在床腿旁，心里不是滋味。"我说的就是现在。"这人说。"事关现在，"卡尔心想，"这人可真难打交道。""您躺到床上去吧，那儿地方大些。"这人说。卡尔一边尽力往里爬，一边笑起自己刚才企图纵身鱼跃的徒劳。可是当他刚要爬到床上时，他却突然喊了起来："天啦，我的箱子给全忘了。""箱子放在哪儿呢？""甲板上，一个熟人照看着。只是他叫什么呢？"他说着从母亲给他缝在上衣里的内兜里掏出一张名片，"布特鲍姆，弗兰茨·布特鲍姆。""这箱子你急需吗？""当然啰。""那您为什么要把它交给一个素不相识的人呢？""我把雨伞忘在船舱里了，我是跑回来取伞的，不愿随身拖着那只箱子。我哪里想到会迷了路。""就你一个人？没人陪伴？""是的，就我自己。"我也许应该求助于这个人，卡尔思考着，我一时上哪儿去找个更好的朋友呢!"现在您连箱子都丢了,我根本用不着再提那雨伞了。"这人说着坐到那把靠背椅上,似乎卡尔的事现在赢得了他的几分兴趣。"可我相信,箱子还没有丢失。""信任会带来幸运。"这人边说边使劲地在他那乌黑浓密的短发里搔来搔去。"在这艘船上,道德也在变化着;不同的码头就有不同的道德。要是在汉堡,您的那位布特鲍姆也许会守着箱子,可在这儿,只怕连人带箱子早就无影无踪了。""可是我得马上上去看看。"卡尔边说边看看怎样从床上爬起来。"您就待着吧。"这人说着用一只手顶着卡尔的胸膛,粗暴地将他推回床上。"为什么呢?"卡尔生气地问道。"您去顶什么用!"这人说,"过会儿我也走,我们一道走好吧。您的箱子要么是让人给偷走了,找也无济于事,您到头来也只能是望洋兴叹;要么是那个人始终还在照看着它,那他就是个傻瓜蛋,而且会继续看守下去,或者他是个诚实的人,把箱子放在原地。这样等船上的人都走光了,我们再去找它岂不更好。还有您的雨伞。""您很熟悉这船上的情况?"卡尔狐疑满腹地问道;他似乎不敢相信等船上的人走光后就会更方便地找到自己的东西,觉得这种本来让人心悦诚服的想法中埋藏着某种不测。"我是这船上的司炉。"这人说。"您是这船上的司炉。"卡尔情不自禁地喊了起来,仿佛这事完全超越了所有的期待。他支起双肘,凑到近前仔细打量起这个人。"恰好就在我同那些斯洛伐克人住过的那间舱室前有一个天窗,透过它就能看到机房里。""对,我就在那儿工作。"司炉说。"我向来就着迷技术工作。"卡尔固守在一成不变的思路上说,"要不是我迫不得已来美国的话,将来会成为工程师。""您干吗非得来美国呢?""啊呵,那就别提啦!"卡尔说着手一挥,抛去了那全部的故事。这时他笑嘻嘻地瞅着司炉,好像在恳求他谅解那讳莫如深的事。"这其中想必会有什么原因吧。"司炉说,可谁也说不准,司炉说这话是有意要求还是拒绝卡尔说出那原因。"现在我也可以当司炉了。"卡尔说,"现在对我父母来说,我无论干什么差事,全都无所谓了。""我这个位子要空下来了。"司炉说,他完全有意这样说,两手插进裤兜里,那两条裹在褶褶皱皱的、皮革似的铁灰色裤子里的腿往床上一甩伸了开来。卡尔不得不挪到墙边。"您要离开这条船?""是的,我们今天就离开。""究竟为什么? 您不喜欢这工作?""对,事情就是这样,不总是取决于你喜欢不喜欢。另外,您说的也对,我是不喜欢这差事。您可能不是决意想当司炉,但要当非常容易。我可要劝您千万别干这事。既然您在欧洲就想读大学,干吗在这儿就不想上了呢?美国的大学无论如何要强得多。""这很可能。"卡尔说,"可我哪儿有钱上大学呢? 我虽然在什么地方读到过有那么一个人,他白天给人家打工,晚上读书,最后成为博士,如果我没有记错的话，而且当上了市长。可是这得有锲而不舍的劲儿，您说不是吗？我担心自己缺少的就是这股劲儿。再说我也不曾是个成绩优秀的学生。说真的，中途辍学，我也没有把它当回事儿。而这儿的学校也许更严格。我对英语几乎一窍不通。我想，这里的人准会对外国人抱以偏见。""这等事您也听说过？那就太好了，那我就是他乡遇知己了。您看看，我们现在不是在一艘德国船上吗？它属于汉堡——美洲海运公司。为什么这船上不全都是德国人呢？为什么轮机长是个罗马尼亚人？他叫舒巴尔。这简直叫人想不通。而这条癞皮狗竟然在一艘德国船上欺负德国人。您可别以为，"——他几乎喘不过气来，打了个迟疑不决的手势——"我只是为抱怨而抱怨。我知道说给您也不顶什么用，您还是个穷小子。可这也太过分了。"随之，他一拳接一拳狠狠地敲打起桌子，边打边目不转睛地盯着拳头。"我在那么多船上干过，"——

他一口气连说出二十个船名,就像念一个词似的,卡尔完全给弄糊涂了——"我向来干得都很出色,处处受到赞扬,总是船长得意的工人,而且在同一商船上一干就是好几年。"——他说着竟挺起身来,好像这是他一生中最辉煌的顶点——"而在这个囚笼里,无论干什么都受到约束,一点欢乐也没有,死气沉沉的。我在这儿是个无用的人,始终是舒巴尔的眼中钉,成了懒虫,只配被扔到外头去,靠人家的施舍过活。您懂吗?我就是弄不明白。""您可不能这样忍着。"卡尔激动地说。他几乎丝毫感觉不到,自己眼下处在一个陌生大陆的海滨旁,踩在一条船上那摇摇晃晃的舱板上。在这司炉的床上,他有了宾至如归的感觉。"您找过船长吗?您在他那儿讨要过您的权利吗?""咳,您走吧,您最好还是走开吧!我不想让您待在这儿,您把我的话当耳边风,反而还给我出主意。我怎么会去找船长呢!"他又疲惫地坐下来,双手捂住脸。"我不可能给他出更好的主意。"卡尔喃喃自语说,甚或觉得不该在这儿出些让人家看不起的主意,倒应该去取自己的箱子。当父亲把那只箱子永远交到他手里时,曾戏谑地问道:它会跟你多久呢? 可现在这只珍贵的箱子也许真的失去了。惟一让他宽慰的是,无论父亲怎样去打听,也不会得到他现在一丝一毫的消息。同船的人能告诉的不过是他到了纽约。卡尔感到很遗憾,因为箱子里装的一切他还没有享用过;要说他早就该换件衬衣了,但没有合适的更衣地方也就省去了。可是现在,正当他在人生的道路上刚刚起步时,他多么需要衣冠整洁地登场,却不得不挂着这件污迹斑斑的衬衣来亮相。这下可够瞧的了。不然的话,就是丢失了箱子也不至于那么糟糕;身上穿的这套西装比箱子里的那套还要好些。那一套只不过是拿来应急用的,就在他临行前,母亲还要把它补了补。这时他也想起箱子里还有一块佛罗纳色拉米香肠。这是母亲特意给他放进去的，可他仅仅只吃去了一丁点。他在旅途中压根儿就没有胃口，统舱里配给的汤就足够享用了。此时此刻，他真盼着拿来那香肠恭奉给这位司炉。因为像这样的人，很容易被拉拢过来，只需施点什么小恩小惠就是了。这一招卡尔还是从他父亲那里学来的。他父亲就凭着给人家递烟拉拢那些跟他在生意上打交道的低级职员。卡尔现在可奉送的还有带在身上的钱，但他暂且不想动用它，即使他也许丢失了箱子也罢。他的心思又回到箱子上，他眼下真的弄不明白自己为什么在旅途中一直那么小心翼翼地守护着这箱子，多少个夜晚不敢合一眼，而现在却把这同一个箱子那么轻率地让人拿走。他回想起那五个夜晚，他始终猜疑那个矮小的斯洛伐克人在打他箱子的主意。这人就躺在他的左边，隔他两个床位，一味暗中窥视着卡尔随时会困倦得打起盹来的时刻，趁机会用那根白天总是在手上舞弄或者演练的长杆子将箱子钩到他跟前去。白天，他看来够纯真无邪，但一到天黑，就时不时地从铺上起来，垂涎欲滴地朝卡尔的箱子瞅过来。卡尔看得清清楚楚，因为这儿或那儿不时地会有人随着移民的哄哄嚷嚷，不顾船规而点起一盏小灯，借以试图去琢磨移民局那难以理解的公告。当这样的灯光在他近旁时，卡尔就会迷迷糊糊地打个朦胧。一旦这灯光离他远些或者四周昏暗暗的，他就必须睁着眼睛。这样劳累简直折腾得他精疲力竭。可是，这一切现在也许全都付之东流了。这个布特鲍姆，要是卡尔有机会在什么地方碰见他的话，非得让他瞧瞧厉害不可。

这时，外面从远处传来一阵阵短促的敲打声，好像是小孩的脚步声，一下子打破了这地地道道的宁静。响声越来越近，越来越大。原来是一群男人从容不迫地走过来。很显然，他们在这条狭窄的过道上自然列队行进，人们听到了武器相撞似的铿锵声。卡尔正想在床上舒展开身子,进入摆脱掉对箱子和斯洛伐克人的全部思虑的梦想之中,他大吃一惊,推了推司炉,提醒他注意,因为那队伍的排头似乎已经到了门前。"这是船乐队,"司炉说,"他们刚刚演奏完毕,要去收拾行李。现在一切都已就绪,我们可以走啦。"他抓住卡尔的手,在最后的时刻又从墙上揭下那张挂在床上方的圣母像,塞进他胸前的口袋里,提起行李箱,与卡尔一起匆匆离开这间舱室。

"我现在去办公室,把我的想法告诉那些先生们。船上的人都走光了,不必顾忌什么。"司炉以各种方式一再重复着这句话。他走着走着一只脚踹向一旁,企图踩住一只横穿而过的老鼠,可惜只是更快地把它踢进了正好还来得及钻的洞里去。他动作异常迟缓。虽说他拖着两条长腿,可它们却不大听使唤。

他们经过厨房的一角时,看见几个系着脏

围裙的姑娘——她们故意弄脏围裙——在大圆木桶里洗碗盘。司炉把一个名叫利纳的姑娘叫到跟前,手臂搂住她的腰,拥着她往前走了几步,姑娘偎依在他的怀抱里,一个劲地卖弄风情。"今天该发饷了,你愿意一块去领吗?"他问道。"干吗要我劳神呢?你最好代我把钱领来。"她说着挣脱开司炉的手臂跑掉了。"你从哪儿捡来这么个英俊小伙子?"她又喊道,但不再企望得到回答。姑娘们一个个被逗得停下手里的活儿捧腹大笑。

然而,他们继续往前走,来到一扇门前。门上方装着一个三角楣饰,由一根根细小的镀金女像柱支撑着。作为船上的一个装饰,这未免太富丽堂皇了。卡尔发现他从未到过这里。这里可能是旅途中供给一、二等舱的乘客用的,而现在为了大清扫,船上的隔门全都卸去了。他们确实也遇上了几个肩上扛着笤帚,并且跟司炉打招呼的男人。卡尔对这么大的场面感到惊讶。他在统舱里,对此当然知之甚少。沿着过道,是一条条的电线,一个小钟不住地叮当叮当响。

司炉毕恭毕敬地敲了敲门。当有人喊"请进"时,他向卡尔打了个手势,要他进去别恐慌。卡尔跟着走了进去,在门旁却停住了步。他透过这房间的三扇窗户望着大海的波涛,观赏着那汹涌澎湃的欢快,心潮起伏,仿佛他五天来从未看见过大海似的。巨轮相互交错着它们的航路,只是依照着它们的重力让步于波浪的冲击。如果人们微微眯起眼睛看,那些巨轮就好像在纯粹的重力下摇晃。它们的桅杆上挂着一面面长条旗,虽说在航行中张得紧紧的,但依然不停地来回飘舞着。或者从战舰那儿传来礼炮的轰鸣。一艘战舰从不很远的地方驶过,舰上的炮筒连同它们反射的钢甲闪耀着一道道光芒,就像得到了那安全顺利有惊无险的行程的精心宠爱。至少从这扇门往外看去,人们只能看到远处各式各样的小船成群结队地驶入那巨轮的空隙间。就在这一切的后面，纽约拔地而立，用它那摩天大楼上成千上万个窗口注视着卡尔。站在这间舱室里，你就会知道自己到了什么地方。

一张圆桌旁坐着三位先生，一位是穿着蓝色船服的军官，另外两位是身穿黑色美国制服的港口官员。桌上高高地堆着一叠各种各样的文件。那军官首先挥着笔把文件浏览了一番，然后递给了那两位官员。他们俩时而阅读，时而摘抄，时而把文件塞进自己的文件夹里，要不就是其中一位口授让另一位记录些什么，嘴里还不停地发出牙齿磨撞的响声。

在窗前一张办公桌旁，背朝门坐着一位矮小的先生，忙碌地翻阅着齐头高排放在面前书架上的大账本。他身旁立着一个打开的钱箱，一眼看去，里面是空空的。

第二个窗口毫无遮挡，可以让人极目远眺。可是靠近第三个窗口站着两位先生正在低声交谈，其中一位也穿着船服，倚靠在窗子旁边，手里抚弄着剑柄。同他谈话的那一位面向窗户，随着他一次次的晃动，不时地亮开了对方胸前佩戴的部分勋章。他身着便服，手里拿着一根细竹杖。由于他两手紧紧地插在腰间，竹杖翘立着犹如一把剑。

卡尔没有太多的时间去观看这里的一切，因为不大一会儿，一个听差朝他们走过来，问司炉究竟要来干什么。看他的目光，仿佛司炉就不是这儿的人。像听差问话一样，司炉也低声回答说，他想跟总会计先生谈谈。这听差履行了自己的职责，打着手势拒绝了司炉的请求，但还是踮起脚尖，避开圆桌绕了个大圈，走到那位忙碌着大账本的先生跟前。很显然，这位先生听到听差的话简直发起怔来。他终于转过身来望着这个要跟他谈话的人，接着挥挥手，毫不留情地拒绝跟司炉谈话，并且为了保险起见，连听差也撵开了。听差随之回到司炉跟前，似乎带着一种托付什么的口气说:"您赶快离开这个房间吧!"

司炉听了这话后,低下头看着卡尔,仿佛卡尔就是他的心,默默地向这颗心倾吐着自己的苦楚。卡尔不假思索地冲上去,横穿过屋子,甚至无所顾忌地从那军官的靠背椅旁擦过去。那听差弯着身子,张开准备抱缚的手臂跟上去,像是在追捕一只甲虫。可是卡尔已经抢先赶到了总出纳的桌旁,紧紧地抓住桌子,免得什么人会企图把他拽开。

不言而喻,整个屋子一下子变得热闹起来了。那个坐在桌旁的军官蹦了起来;两个港口官员平静而全神贯注地观望着;窗前的两位先生并排站到一起;听差觉得这些高贵的先生已经出面了,不再有他插手的地方,便退了回去;站在门旁的司炉紧张地等待着有必要让他助阵的时刻;总出纳坐在靠背椅里往右转了一大圈。

卡尔当着这些人的面,毫不迟疑地从内兜

里掏出他的旅行护照,未做任何介绍,摊开放在桌上。总出纳似乎把这护照不当回事,用两根指头把它弹到一边。卡尔随之又把护照装进衣兜里,仿佛这手续已经圆满地办理完毕。"请允许我说几句话,"卡尔终于开腔了,"照我看,如此对待这位司炉先生是不公正的。这里有个叫舒巴尔的人骑在他头上作威作福。司炉先生已经在许多船上干过,他能给你们说出全部船名来。他干得无可挑剔,勤勤恳恳,恪尽职守。可真的让人不能理解的是,他为什么偏偏在这条船上左右不是人呢!更何况这里的差事并不比在商船上难多少。这里无非是恶意中伤在作怪,阻挠他晋升,使他得不到本来完全应该得到的承认。我只是笼统地说说这事,而司炉先生非同小可的境遇,他自己会讲给你们听的。"卡尔有意要把这事说给在场的先生们听听。他们确实也在竖耳静听,看来他们当中非常有可能站出一个主持公道的人来。而这个主持公道的人绝不会是总出纳。再说卡尔出于机智，闭口不谈他跟司炉只是刚刚认识。另外，他站在现在的位子上第一次瞥见了那位手持竹杖的先生。这人满脸通红，使卡尔感到迷惑，要不他还会讲得更是有板有眼，头头是道。

"他说的字字句句都是真的。"司炉还没等到有人问他就开口了，甚或人家看都没看他一眼。司炉的急不可耐险些酿成大错，幸而那位佩戴勋章的先生已经打定主意要听听司炉的说法。卡尔现在才明白这人肯定就是船长。这人伸出手，冲着司炉喊道："您过来！"这强硬的声音似乎能斩钉截铁。现在一切都取决于司炉的举动了。至于他的事，卡尔一点也不怀疑是正义的。

幸好司炉久经世故，见过大世面。他十分镇静自若，伸手从他的小箱子里取出一叠证件和一个笔记本，捧着走到船长跟前，摊在窗台上，仿佛这是不言而喻的事情。他完全不屑于理睬总出纳。总出纳无可奈何地自己搅了进去。"这人是出了名的常有理，"他解释说，"他守在出纳室的时间比在机房里还多。他把舒巴尔这个平心静气的人折腾得无所适从。你听着！"他说着转向司炉，"你这样胡搅蛮缠，实在太过分了。你没完没了地无理取闹，人们多少次把你从出纳室轰了出去，这完全是你自找的！你又多少次从那儿跑到总出纳室里来闹！人们一次次好心相劝说，舒巴尔是你的顶头上司，你一定要甘心当他的下属，跟他好好共事！而你现在得寸进尺，甚至追到这儿来纠缠船长先生，好不害臊！更有甚之，你恬不知耻地带来这个乳臭未干的小子，学着你那无聊透顶的腔调，为你鸣不平。这小子我还是第一次在船上看到。"

卡尔极力克制着自己，没有跳上前去。这时，船长开口说："还是让他说给我们听听吧！不管怎么说，我看舒巴尔越来越变得过分专断了。但这话我可不是有意要顺着你说的。"后面这句话是说给司炉听的。船长自然不会马上替司炉说话，但一切似乎都已进入了正轨。司炉开始了他的一席话，一开始就克制自己，称舒巴尔为"先生"。卡尔站在被冷落的总出纳的办公桌旁喜不自胜，不停地把一个称信件用的天平压来压去，情不自禁。舒巴尔先生是不公正的。舒巴尔先生袒护外国人。舒巴尔先生把司炉赶出机房，让他打扫厕所，这本来就不是司炉的事。他甚至怀疑舒巴尔先生的干练也是不可靠的，与其说他干练，还不如说他善于装腔作势。司炉说到这里，卡尔全神贯注地凝视着船长。看那亲切可爱的样子，仿佛他是船长的同事，其实不过是为了使船长不要因司炉笨拙的申述方式对他产生不利的影响。无论怎么说，从司炉那一大堆谈话里，谁也没有听出个所以然来。虽然船长仍一直朝前望着，从他的眼神也看得出他决心这一次要听完司炉的陈述。但其他几位先生变得不耐烦了。司炉的声音顷刻间也失去威震这间房子的力量,这不免让人有点担心。首先是那个身着便装的先生,开始挥动他的竹杖敲击地板,尽管敲得很轻;其他先生当然也这儿望望,那儿看看;港口的两位官员显然已经心急火燎,又拿起那些文件,心不在焉地查阅着;那个海军军官又靠近自己的办公桌;以为胜券在握的总出纳嘲讽似的深叹了一口气。惟有那听差没有陷在这笼罩起来的心不在焉的气氛里,他一起感受着这个被置于大人物奴役之下的可怜人的种种痛苦,郑重其事地向卡尔点着头,似乎借此要说明什么。

这期间,窗前的港口上依旧是一片繁忙景象。一艘平底货船满载着堆积如山的圆桶从近旁驶过,遮得这屋子几乎陷入一阵黑暗。船上的圆桶摆放得实在了不起,纹丝不动。一艘艘小汽艇随着直立在舵盘前的掌舵人两手的抽动径直呼啸着驶去。要是卡尔现在有时间的话,他准会大饱个眼福。千奇百怪的漂浮物时而自由自在地从汹涌澎湃的海水中浮上来,时而又立刻被淹没下去,在惊奇的目光前消失。远洋轮船的小艇满载着乘客,由水兵们卖力地划向前去。乘客们好像被挤塞到那小艇上似的,无声而满怀期盼地坐在那里,即使也有人东瞅瞅西望望,不放过看看这变幻多端的情景。一种没完没了的动荡,一种由那动荡的自然力转嫁给无依无靠的人们及其创造物的不安。

然而,一切都告诫你要争取时间,要言简意赅,要完全准确地表述。可是这司炉干了些什么呢?他讲得不过是大汗淋漓。那颤抖的双手早已抓不住放在窗台上的证件,对舒巴尔的怨恨从四面八方涌上他的心头,而且在他看来,这其中的每一个细节都足够把这个舒巴尔彻底埋葬。然而他能够诉说给船长的,完全是一堆昏头昏脑杂乱无章的蠢话。那个手执竹杖的先生早已冲着天花板吹起口哨了。港口的两位官员已经把那军官拉到他们桌旁,看样子也不会再放过司炉。总出纳心里直痒得跃跃欲试，显然只是看着船长的沉静而沉住气了。那听差严阵以待，时刻期盼着执行船长发出涉及司炉的命令。

这时卡尔再也坐不住了。他从容不迫地朝这些人走过去，边走边越发迅速地思考着如何尽可能巧妙地来干预这事。现在确实到了最关键的时刻，仅仅还有短暂的一瞬间了，他们俩还能够体面地走出这间办公室。船长也许是个心地善良的人。在卡尔看来，船长正好现在更有理由充当主持公道的上司，但他毕竟不是任人随意玩弄的工具，——而司炉正是这样对待他的，当然这出于他内心深处极度的愤怒。

于是卡尔冲着司炉说："你要把事情说得简明扼要些。像你现在这样陈述，船长先生就无法断个是非曲直。难道他熟悉个个轮机长和小听差的名字甚或教名吗？难道你只要一说出这样一个名字他马上就能知道指的是谁吗？你好好理一理你的苦楚,先说最重要的,其他一语带过就行了,也许绝大多数无关紧要的枝节根本连提的必要都没有。你给我讲得一直是那么有条有理。"如果在美国有人可以偷箱子,那么偶尔说一次谎又何尝不可呢,他心想着解脱自己。

但愿这样做会于事有补!或许这样做是不是已经太晚了?司炉一听到这熟悉的声音,马上中断了自己的讲话,但他的眼睛完全给泪水蒙住了,连卡尔的面容一点儿也分辨不清了。这是一个蒙受耻辱的男子的尊严之泪,往事不堪回首之泪,眼下困苦交加之泪。他现在怎么会 —— 卡尔面对眼前这位沉默的人无疑暗暗地理会到了 —— 他现在怎么会一下子改变他说话的方式呢?他好像觉得他想要说的都说过了,却未得到一丝一毫的承诺,又仿佛什么话还没有说过似的,眼下也不能指望这些先生再听他把事情原原本本地陈述一遍。而在这样的时刻,卡尔出面了,他依然是司炉惟一的支持者,想好好地开导一下司炉。然而,他非但没有做到出谋献策,反倒告诉他一切的一切都失去了。

要是我不去观看窗前的景致,早点站出来就好了,卡尔自言自语地说。他面对司炉低下头去,两手拍打在裤缝上,示意任何希望都破灭了。

但司炉误解了卡尔的意思,肯定揣摩着卡尔在暗暗地责怪他什么。他怀着让卡尔别责怪他的好意,开始跟他争吵,以圆满结束他的所作所为。这时,圆桌旁的先生们早就对这干扰他们要事的、无聊透顶的喧闹愤怒了;总出纳越来越觉得船长的耐心不可理解,恨不得立刻爆发出来;那听差完全又回到主人的势力范围里,瞪着凶狠的目光审视着司炉;最后是那位手执竹杖的先生,他对司炉已经全然麻木不仁了,司炉的言行令他作呕,于是他掏出一个小笔记本,显然做起了别的事情,目光不停地在笔记本和卡尔之间来回移动。甚至船长也不时友好地朝他望过去。

"你不用说,我知道。"卡尔说,竭尽全力去阻挡住司炉现在冲着他滔滔不绝地发泄。尽管如此,他在争吵中始终给司炉露出一副友好的笑容。"你是对的,一点没错,对此我始终坚信不疑。"他宁可装出害怕挨打的样子上去抓住司炉挥来舞去的手,当然更情愿把他挤到一个角落里,悄悄地对他说几句谁都听不到的安慰的话。但司炉完全失去了自制。卡尔现在甚至想从思绪中寻求一种安慰的办法,因为司炉在不得已的情况下会不顾一切地征服这七个在场的男人的。可是一眼看去,那办公桌上放着一个装着许许多多电线按钮的控制盘,只要一只手随便一按,这整个船连同它所有挤满敌对的人们的通道顿然就会被弄个天翻地覆。

这时,那个手执竹杖、如此漠然置之的先生朝卡尔走过来,声音不高不低,但清晰地压着司炉的叫喊问道:"你究竟叫什么?"这当儿有人敲起门,似乎就在门后等着这先生开口说话。听差朝船长看去,船长点了点头。于是听差过去打开门。门外站着一位身着老式帝王上衣的男人,中等身材,看外表不大像是跟轮机打交道的——他就是舒巴尔。连船长也不例外,都流露出满意的神色,要是卡尔不去注视着这些人的眼睛的话,他准会吃惊地看到司炉拉紧两臂,攥紧拳头,仿佛这凝结了他身上最重要的东西,随时准备为此牺牲自己的一切。现在他把全身的力量,也包括维持着他站立的力量统统都聚结在这拳头上。

而此时此地,这个仇敌身披节日盛装,自由自在,精神焕发。他腋下夹着一个业务本,大概是司炉的工资单和工作卡。他毫无惧色地逐一扫视着大家的眼神,首先坦然地断定每个人的情绪。这七个人全是他的朋友。虽说船长开始说过批评他的话,或者那也许只是推托之词，但司炉给他带来痛苦以后，他似乎觉得对舒巴尔没有了一丝一毫的指责，而对待司炉这样的人，无论采取什么严厉的方式都不过分。如果说舒巴尔要受到什么责备的话，那就是在这期间，他没有能够制伏司炉的蛮不讲理，使得他今天还在船长面前恣意妄为。

人们此刻或许还可以这样想象，如果司炉与舒巴尔的对质面对上苍理所当然地会产生作用的话，那么在这些人面前也是不会付诸东流的。固然舒巴尔善于伪装，但他绝不可能天衣无缝地坚持到底；只要他的卑劣行径稍一露出破绽，就足以使在场的先生们看清他的真面目。卡尔就是要达到这个目的。他对这里每位先生的洞察力、弱点和情绪都已有所了解。从这一点来说，在这里度过的时间可不是浪费了。要是司炉能应付得强一点就好了。但他显得全然无能为力。如果说有人把舒巴尔推到他面前的话，他准会把这个可恨的脑袋当作一颗薄皮核桃一样敲得开花。可是,他几乎没有朝舒巴尔走近几步的能力。为什么卡尔竟然没有预料到这谁都会预料到的事呢?舒巴尔最终肯定会来,即使不是出于自愿,也会被船长唤来。为什么他同司炉在来这里的路上没有商量好一个周密的对付方案,而实际上是一碰到门就毫无准备、冒冒失失、无可挽回地闯将进去呢?司炉还能说话吗?还能说出"是"和"不是"吗?可这在盘问中是必不可少的。当然,这样的盘问只是在最有利的情况下才有可能。司炉叉开两腿站在那儿,两膝微微倾屈,脑袋稍稍仰起,气流穿过那张开的嘴,仿佛胸膛里没有了呼气吸气的肺。

当然,卡尔感到浑身是劲,头脑清楚,他或许在家里从来就没有过这样的感觉。在异国他乡,他面对一群有名望的人物而维护善者,即使他还没有取得胜利,但准备着为赢得最后的胜利全力以赴。如果他的父母能看到这个场面,那该多好啊!那么他们会改变对他的看法吗?会让他坐到他们中间表扬他吗?会一次次看着他那恭从他们的眼睛吗?这全都是些捉摸不透的问题,而且提得根本不是时候。

"我之所以来,是因为我相信司炉在指控我怎样诡诈。厨房里一位姑娘告诉我,她们看见他到这儿来了。船长先生,诸位先生,我随时准备着拿我的书面材料,必要时通过在门前等候的、没有偏见和不受左右的证人的陈述来驳斥任何指控。"舒巴尔这样讲道。诚然,这是一个男子汉明确不过的演说。看听者面部表情的变化,人们会以为,他们等了好久之后第一次又听到了人的声音。他们当然不去议论这即便是再美妙动听的演说也有破绽。为什么他想起的第一个实质性的词就是"诡诈"?难道他在这儿不得不使用的"指控"二字不就是他那民族偏见的替代吗?厨房里一位姑娘看见司炉到办公室来了,而舒巴尔立刻就意识到会发生什么?

难道这不是负罪意识使他的头脑异常敏感吗？而且他马上就带来了证人，并口口声声说他们没有偏见？不受左右？招摇撞骗，十足的招摇撞骗！而这些先生竟然容忍着，甚至把它看作无可挑剔的行为？为什么他肯定无疑地把厨房姑娘的报告和他来到这儿之间那么多的时间一语抹去了呢？他这样做是别有用心：他要让司炉把这些先生磨得精疲力竭，使他们逐渐丧失清醒的判断力。这种判断力首先是舒巴尔最害怕的。他无疑早就站在了门后，听到了那个先生提出的那个无关紧要的问题，期盼着司炉已经筋疲力尽。难道他不就是在这样的关头敲起门了吗？

一切都不言而喻，而且也是舒巴尔别有用心地表演给人们看的。而对这些先生必须换个方式说，说得更明确些。他们需要被唤醒。也就是说，卡尔现在要当机立断，起码要赶在证人出场淹没全部真相之前充分利用这个时机。

就在这时候,船长示意舒巴尔别再说下去了。舒巴尔立刻把身子挪到一旁——因为他的事好像要搁置一会儿——,和那个马上就跟他凑到一起的听差开始窃窃私语。他目光不时地瞥向司炉和卡尔,打着充满自信的手势。舒巴尔似乎以此来演练着他下一次非同小可的演讲。

"雅各布先生,您不是要问这位年轻人什么吗?"船长在一片寂静中问那位手执竹杖的先生。

"当然啰。"这位雅各布说,彬彬有礼地欠欠身,感谢船长的关照。接着,他又一次问卡尔:"你到底叫什么?"

卡尔心想,把这个执意要问到底的插曲快快应付过去,当然有助于大事的进行。于是这次他没有习惯式地出示护照来自我介绍,而是简单地答道:"卡尔·罗斯曼。"

"可是,"这个被称作雅各布的人说,开始几乎不敢相信地微笑着向后退去。船长、总出纳、海军军官，乃至听差也都对卡尔的名字明显地表现出一种过分的惊讶。只有那港口官员和舒巴尔对此漠然置之。

"可是，"雅各布先生重复说，迈着有点僵硬的步子朝卡尔走去，"这么说，我就是你舅舅雅各布，你就是我亲爱的外甥呀。我从一开始就猜想是这么回事。"他转向船长说。然后，他又是拥抱，又是亲吻，卡尔一声不响地听任着这一切。

"请问您尊姓大名？"卡尔感到被松开后问道，虽然很有礼貌，但显得完全无动于衷的样子。他竭力捉摸着这突如其来的事情会对司炉带来什么结果。暂且还没有任何迹象表明，舒巴尔会从这件事中捞到什么好处。

"年轻人，您要懂得这是您的幸运。"船长说，觉得卡尔的问话伤害了雅各布先生的人格尊严，身子转向窗口，用手帕轻轻地擦着脸面，显然是不愿让人看到他那非常激动的神色，"这是参议员爱德华·雅各布先生，他已经向您说明他是您舅舅。从现在起，等待您的是一条跟您迄今的期望完全相反的光辉灿烂的前程。您好好地想一想，您一开始就这么走运，您要好自为之。"

"诚然，我有一个叫雅各布的舅舅在美国。"他转向船长说，"但如果我没有弄错的话，只是这位参议员姓雅各布。"

"是这样。"船长充满期望地说。

"我是说我的舅舅雅各布，他是我母亲的兄弟，但雅各布是他的教名，而他的姓当然肯定跟我母亲一样。我母亲的娘家姓是本德迈耶。"

"我的先生们！"参议员喊道，离开在窗旁歇息的位子，兴冲冲地走回来，是冲着卡尔的解释而来的。除了港口官员外，大家都哈哈大笑起来，有人发自肺腑，有人讳莫如深。

我所说的绝对不至于那样可笑吧，卡尔心想。

"我的先生们,"参议员重复说,"你们违背我的,也违背你们的意愿参与了一场微不足道的家庭争论,因此我只好向诸位作一解释。我相信,这里只有船长先生——"提到船长,他们相互躬身致意——"知道事情的原委。"

现在我可不能轻易放过任何一个字眼,卡尔自言自语道,朝旁边瞥了一眼,发现生机又回到司炉的身上,不禁感到高兴。

"我在美国逗留这么多年以来——诚然'逗留'这个词对我这个全心全意的美国公民来说是很不贴切的——,也就是说,这么多年以来,我跟我在欧洲的亲属完全断绝了联系,原因之一与在座的无关;原因之二一言难尽。我甚至害怕有一天我不得不把实情告诉我这亲爱的外甥。遗憾的是,我同时还不可避免地要谈到他的父母及其亲戚。"

"他是我舅舅,一点儿没错。"卡尔一边自言自语地说,一边竖耳细听,"他可能是改名了。"

"我亲爱的外甥简直就是被他的父母——我所说的'父母'二字,实际上也不过是指名称而已——赶出家门的,就像把一只惹人生气的猫抛出门一样。我绝对不想在这里掩饰我外甥的所作所为,掩饰他受到这样的惩罚。掩饰不是美国人的习惯。而他的过错,只要简单一提就可足以让人宽恕。"

"这话值得一听。"卡尔心想,"但是我不愿意让他把事情说给大家听。可话说回来,他也不可能知道。他从哪儿知道呢?不过我们等着瞧吧,他终会知道一切的。"

"也就是说,他受到——"舅舅接着说下去,微微倾起身子,靠在支撑在面前的竹杖上。这样一来,其实也免去了这事本来无论如何都会少不了的一份庄重——"也就是说,他受到一个名叫约翰娜·布鲁默尔的女佣,一个三十五岁上下的女人的勾引。我用'勾引'这个字眼绝对无意要伤害我外甥的心,但是难就难在另外找到一个恰如其分的词来。"

已经走到舅舅近前的卡尔停步转过身来，想从在座的各位脸色上看出他们对这番话的反应。没有人笑，一个个都静心而严肃地听着。人们毕竟也不会在这千载难逢的机会来取笑一个议员的外甥。这里可以说的倒是，司炉面带微笑望着卡尔，哪怕是一丝一纹也罢。可这微笑是新的生命的象征，既值得高兴，又可以原谅。这时，舱室里的卡尔则试图从这个现在已经人人皆知的隐私里保守住一个特别的秘密。

"就是这个布鲁默尔，"舅舅接着说，"和我外甥生了一个孩子，一个健康的小子，洗礼时取名雅各布，这无疑联想到了鄙人。我的外甥肯定只是随便提到过鄙人，却给那个姑娘留下了很深的印象。这是值得庆幸的，我说。因此，我外甥的父母为了避免支付抚养费或者其他直至降临于他们头上的丑闻——我要强调的是，我既不懂那儿的法律，也不了解他父母的其他情况，而只是从他父母前些日子的两封乞求信里知道这些的。这两封信虽说没有回复，但保存着，这也是这么多年中我跟他们惟一的，并且也是单方的信件联系——，也就是说，我外甥的父母为了不用支付抚养费和避免丑闻，就将他们的儿子，我亲爱的外甥不负责任地发落到美国来。正像大家所看到的，他孑然一身，连起码的必需品也没有。姑且撇开正好还存在于美国的奇迹不说，像这样一个小伙子，如果他全要凭自己来养活自己，马上就会在纽约的哪条胡同里堕落下去。多亏那个姑娘给我写了封信来，告诉我事情的原委，描述了我外甥的相貌，并且细心周到地连他乘坐的船名都写在了里面。这封信几经辗转，前天才好不容易到了我的手里。诸位先生，如果说我是存心要占用你们的时间的话，那我就可以把这封信里的几段"——他从口袋里掏出两大张写得密密麻麻的信纸晃了晃——"在这里念一念。这封信肯定会打动你们，因为它是带着颇为单纯的，但无论如何又怀着善意的狡猾和充满对孩子父亲的爱写成的。但是我不想占用你们更多的时间，只是借机作必要的解释罢了，更不愿意使我外甥听到后可能会伤害他现在的感情。如果他愿意的话，就可以在那间已经期待着他的房间里静静地阅读这封信，以吸取这个教训。"

但卡尔对那个姑娘并没有什么感情。在回顾那一段越来越使他厌恶的往事时，他感到很窘迫。她总是坐在厨房的碗柜旁，胳膊肘支在柜台上。当他进进出出厨房时，不是替父亲取只喝水杯子，就是帮母亲干什么事，她总关注着他。有时候，她以六神无主的样子在碗柜的一侧写信，从卡尔的脸上获取灵感。有时候，她用手捂着两眼，跟谁都不搭腔。有时候，她跪在自己位于厨房旁边的小房间里对着一个木十字架祈祷，卡尔走过时，只是羞怯地透过稍稍掩闭的门缝看看她。有时候，她在厨房里兜过来兜过去，卡尔一挡住她的路，她就像女妖一样笑嘻嘻地缩回去。有时候，卡尔一进来，她就关上门，手抓着把手，直到他央求要出去。有时候，她取来卡尔根本就不想要的东西，一声不响地塞到他的手里。可是有一次，她叫起了"卡尔"，也不管卡尔对这出乎意料的称呼感到多么惊奇，她又是做鬼脸，又是唉声叹气地把卡尔拽进她那小房间里，随手关上了门。她疯狂地搂住他的脖子，一边求卡尔剥去她的衣服，一边把他的衣服剥得精光，将他按到床上，要抚摩他，温存他，仿佛从现在起决不把他让给任何人，直到世界的末日。"卡尔，噢，我的卡尔！"她喊着他，似乎在看着他，并且向自己证实占有着他。而他什么也不去看。他躺在那显然专门为他铺垫的、厚实温暖的被窝里感到不是滋味。然后，她也躺到他身边，想听听他的什么秘密。可他什么也不会给她说，她似真似假地生起气来，摇晃着他，倾听着他的心房，又把胸部挺过去让他也这样听。但是卡尔执意不肯听。她把赤裸裸的腹部压在他身上，用手在他的两腿间搜寻着，那么令人作呕，卡尔连头带脖子都摇得从枕头上滚将下来。接着她用腹部一次次地撞着他，他觉得她好像成了他的一部分。也许正是出于这个原因，一种可怕的需求协助的情感占据了他。他最终一次次地满足她幽会的欲望，又一次次地哭丧着脸回到他的床上。这就是所发生的一切。然而舅舅却会借题发挥，演绎出一个耸人听闻的故事来。而那个女佣偏偏也想到了他，并且把他抵达美国的日期告诉给了舅舅。这事她干得很漂亮，他有朝一日会报答的。

"那么现在，"参议员喊道，"我想当众听听你说，我是不是你舅舅。"

"你是我舅舅。"卡尔说着吻了吻他的手。舅舅随之吻了吻他的额头，"见到你我很高兴。但是，如果你以为我的父母只说你坏话，那你就弄错了。可除了这事以外,你的言语中也还有不妥之处。这就是说,我认为,事实上并非所有的事情都是那样发生的。可话说回来,你身在这儿,确实也不可能把事情判断得那么准确。另外,我觉得,如果这些先生对一件他们确实不会放在心上的事在细节上的了解有所出入的话,也不会出什么特别大不了的问题。"

"说得好。"参议员说,并且把卡尔领到显然关切着这事的船长跟前,"你看我不是有一个了不起的外甥吗?"

"很荣幸,"船长一边说,一边鞠躬致意,看来跟受过军事训练的人一模一样,"在这里结识了您的外甥,参议员先生。我这艘船能够充当这样一次相逢的场所,真是莫大的荣幸。不过,乘坐统舱的旅程也许太不尽如人意了。可是谁会知道那儿坐的是些什么人呢!比如有一次,匈牙利头号大贵族的长子乘坐过我们的统舱,他的名字和旅行的原因我已经记不起来了。

这也是我后来才听说的。现在我们尽一切努力，要最大可能地使乘坐统舱的旅客在旅途中轻松舒适些，比如说要比美国的轮班强多了。但是要把这样的旅程变成一种享受，我们当然始终还办不到。"

"这对我没有什么不好。"卡尔说。

"这对他没有什么不好！"参议员大声笑着重复道。

"我只是担心我的箱子丢了……"卡尔不由想起了所发生的一切，想起了他现在还要做的一切。他看了看四周，发现所有在场的人都待在他们原先的位子上，关注和惊奇得一声不吭，一个个的目光都盯着他。惟有那两个港口官员，从他们严肃而自鸣得意的神色里可以看出，他们的遗憾来得那么不是时候。那块他们刚才放到面前的怀表对他们来说似乎比这屋里发生的一切和也许还会发生的一切都更为重要。

值得注意的是，随着船长之后，第一个表

示关心的是司炉。"我衷心祝贺你!"他边说边和卡尔握手,借此也想表达出某些被人承认的感觉。当他接着转向参议员要表示同样的祝贺时,这位却向后退了去,仿佛司炉这样做超出了他的权利。于是司炉也立刻放弃了。

但其他人现在清楚地意识到该做什么:他们马上就围着卡尔和参议员挤成一团。这样一来,卡尔甚至得到了舒巴尔的祝贺。他心领了,并对此表示感谢。在其间又出现的宁静中,最后走向前来祝贺的是那两个港口官员,他们说了两句英语,给人留下了可笑的回味。

参议员神采奕奕,尽情地享受着这种欢乐,要把这些相对来说次要的瞬间插曲带进自己和其他人的回忆中。这一切自然被大家不仅容忍,而且也颇有兴味地领受了。这样,他特别告诉大家,他把那个女佣在信中提到的卡尔最突出的标志一一地记在了他的笔记本里,以备可能必要的时刻用。也正因为这样,当司炉喋喋不休的废话让人难以忍受时,他无非是为了转移自己的注意力,掏出这个笔记本,试图把女佣那当然并非侦探般确切的观察与卡尔的相貌联系起来,借此来开心。"哦,我就这样找到了我的外甥。"听他最后这句话的口气,似乎希望再一次得到大家的祝贺。

"现在司炉怎么办呢?"卡尔接着舅舅最后的讲述顺便问道。他觉得处在这新的地位上,心里想什么都可以说出来。

"司炉该怎么办就怎么办吧。"参议员说,"船长认为怎么好就怎么办。我相信,我们的耳朵都让司炉给灌满了,实在太满了。我想每位在座的先生都会赞成我的看法的。"

"可是涉及一个公正问题时不能以此来下定论。"卡尔说。他站在舅舅与船长之间,相信或许通过这个地位的影响会左右逢源。

尽管这样,司炉好像不再抱任何希望。他把两手插在裤带里,由于他激动得动来动去,花格衬衣边露在皮带外面。他对此一点儿也没在乎。他把自己全部的苦痛都吐露出来了。现在人们还会看到的，就是他挂在身上的那几件不得体的衣服，然后便会把他弄走。他想象着，这听差和舒巴尔是这儿地位最低的两位，他们将会向他表示这最后的宽容。从此以后，舒巴尔就会放下心了，而且不会再陷入无计可施的境地，正如总出纳说的那样。船长就有可能雇用一色的罗马尼亚人，四处都会听到讲罗马尼亚语，也许一切真的会更好。不会再有司炉来这总出纳室里没完没了地抱怨了。惟有他最后这场废话连篇的诉说将会留在人们相当美好的记忆里，因为——正如参议员特别说明的——它为认外甥提供了间接起因。另外，这位外甥先前一再力图要帮助司炉，因此对司炉在舅舅和外甥相认中的功劳早在这之前就已涌泉相报了。司炉现在一点儿也没想到还向他提什么要求。再说，尽管卡尔是参议员的外甥，但他毕竟远远不是船长,而最终从船长嘴里吐出来的用心险恶的话则举足轻重。同他的想法一样,司炉也没心思朝卡尔看去。可遗憾的是,在这间敌对者的房子里,哪里还有地方容得下他的眼睛呢!

"别曲解了实际情况。"参议员对卡尔说,"这也许涉及一个公正问题,但同时也涉及一个纪律问题。在这里,这两者,尤其是后者取决于船长先生的裁决。"

"原来是这样。"司炉喃喃自语道。谁觉察和理会了这话,谁就会笑得诧异。

"此外,这船刚到纽约,船长肯定公务成堆,我们已经这样妨碍了他的工作,现在该是我们离船的时候了,免得再节外生枝,再让某些丝毫也没有必要的干预把这两个轮机长之间不值一提的口角弄得纷纷扬扬。亲爱的外甥,我完全理解你的行为,而正是这个赋予我把你从这儿快快带走的权利。"

"我马上给您叫一条小船来。"船长说,而对舅舅的话没有表示一丝一毫的异议,这叫卡尔很吃惊。人们倒无疑会把舅舅的这番话当成是一种自谦。总出纳急不可待地跑到办公桌前,打电话向船工传达船长的命令。

"时间已经很紧迫了。"卡尔自言自语说,"要是不得罪任何人,那我就什么事也别做。我现在确实不能离开舅舅,他好不容易才把我找到了。船长虽然客客气气的,但充其量莫过如此而已。一说到纪律,他也就没有了客气;而舅舅肯定给他说的是心里话。跟舒巴尔没有什么可谈的,我甚至悔不该去跟他握手。而所有其他人都是一群废物。"

他这样思索着慢慢地走到司炉跟前,从裤带里拉出他的手,把它轻轻地握在自己的手里。

"你为什么一声不吭呢?"他问道,"你为什么一切都听凭自然呢?"

司炉只是皱了皱额头,似乎是在为他要说的

话寻找表达,同时低头看着卡尔和他自己的手。

"在这艘船上,没有谁像你一样受到如此不公正的对待,这我知道得清清楚楚。"卡尔的手指在司炉的手指间来回移动着,司炉睁着闪闪发亮的眼睛看着四周,似乎一种幸福之感油然而生,但愿不会有人扫他的兴。

"但你必须起来抗争,说明是非,要么这些人就不知道事情的真相。你得向我保证,照我说的去做,因为我担心由于种种原因根本不可能再出面帮你了。"随之,卡尔吻着司炉的手不禁哭了起来,他捧起司炉那粗大而僵硬的手紧紧地贴在自己的面颊上,就像是一件舍不得放弃的宝贝。就在这时,参议员舅舅也已经来到他身旁,连说带拽地把他弄走了。"司炉好像让你着了魔似的。"他边说边心照不宣地从卡尔头顶上朝船长看去,"你感到很孤独,正好找到了司炉,你现在感激他,这是完全值得称道的。但是,看在我的分上,你别做得太过分了,要学着明白自己的身份。"

门外响起一阵喧闹声,听见有人在叫喊,甚至好像有人被粗暴地推撞到门上。一个水手走了进来,一副粗俗不堪的样子,身上系着一条女人的围裙。"外面有人!"他喊道,并且两肘四下撑来撑去,仿佛他还处在拥挤的人群里似的。最后他恢复了理智,打算向船长行礼。这时他发觉了那条系在腰上的女人围裙,一把扯了下来扔到地上说:"这真叫人作呕,他们把一条女人围裙系在我的身上。"说毕他"啪"的一声并拢脚跟行了个礼。有人想笑出声来,但船长却严肃地说:"我看这就叫作情绪高昂。是谁在外面呢?""我的证人。"舒巴尔抢先说,"我深切地请您原谅他们的失礼行为。这些家伙只要船一入港,有时候就像发疯了一样。""把他们立刻喊进来。"船长命令道,马上又转向参议员殷勤而迅速地说,"尊敬的参议员先生,劳驾您现在和您的外甥跟着这位水手走好吗? 他会把您送到小船上。我要说的都是后话了。参议员先生,结识您使我欢乐不已,荣幸备至。我只希望不久会有机会与您参议员先生能够再一次接着我们中断了的关于美国远洋海运情况的话题,到时也许会像今天一样,又一次如此愉快地中断这样的话题。""眼下有这么一个外甥就够了。"舅舅笑哈哈地说,"请接受我对您的盛情致以最深切的谢意。多保重! 再说我们远非不再没有了可能,"——他把卡尔真挚地搂在怀里——"在下一个欧洲之行时会相处更长一段时间。""这叫我感到由衷的高兴!"船长说。两位先生相互握手道别,卡尔只是一声不响地稍稍跟船长握握手,因为大约有十五个人已经冲着他围上来。他们在舒巴尔的带领下虽然有些慌慌张张,却又吵吵嚷嚷着往里拥。那水手请求参议员跟在他后面,自己在前面为他和卡尔从人群里开出一条道,以便他们顺利地从躬身致意的人群里穿过去。看来这些素日心地善良的人把舒巴尔和司炉之间的争吵当作一件开心事,那可笑劲甚至当着船长的面也无所收敛。卡尔发现那个名叫利纳的厨房女佣也在人群里,她乐滋滋地向他眨眨眼,随手把水手扔给她的那条围裙系在腰间,因为那是她的。

他们继续跟着水手走去,离开办公室,拐进一条狭小的过道,走了不几步便来到一扇小门前,穿过它,下几级台阶就是为他们准备好的小船了。这水手毫不迟疑地一步跳下船去,船上的水手顿时起身向他们的头头行礼。参议员正要提醒卡尔下台阶时要小心,只见还在最上一层的卡尔放声大哭起来。参议员右手托着卡尔的下颌,把他紧紧地搂在怀里,左手抚慰着他。他们就这样一级踩着一级地慢慢走下去,难舍难分地踏上了船。参议员正好在自己的对面为卡尔挑了一个好座位。他打了个手势,小船随之驶离大船而去,水手们马上全力投入工作。他们还没有离开大船几米远,卡尔出乎意料地发现，他们正好坐在对着总出纳室窗口的地方。三扇窗户前挤满了舒巴尔的证人，他们友好地频频挥手致意，甚或舅舅也向他们致谢。一名水手表演了他的绝招，他一面匀称地划动着桨，同时又借着手送去了一个飞吻。真的，似乎再也见不到那司炉了。卡尔的两膝几乎触到了舅舅的膝盖，他更仔细地观察着舅舅，不禁疑虑重重。这个人对他来说能不能替代得了司炉呢？舅舅避开了他注视的目光，朝摇晃着小船的波涛望去。

韩瑞祥 译

Franz Kafka
Das erzählerische Werk

Ein Hungerkünstler

变形记

一

一天清晨,格雷戈尔·萨姆沙从一串不安的梦中醒来时,发现自己在床上变成一只硕大的虫子。他朝天仰卧,背如坚甲,稍一抬头就见到自己隆起的褐色腹部分成一块块弧形硬片,被子快要盖不住肚子的顶部,眼看就要整个滑下来了。他那许多与身躯比起来细弱得可怜的腿正在他眼前无助地颤动着。

"我出什么事了?"他想。这不是梦,他的房间,一间一点儿也不假的人住的房间,只不过稍微小了一点,仍稳稳当当地围在四片他熟悉的墙壁之间,桌上摊开着货品选样——萨姆沙是一个旅行推销员——,桌子上方的墙上挂着那张他不久前从一本画报上剪下来装在一个漂亮的金色镜框里的画,画上画着一位戴着裘皮帽围着裘皮围巾的女士,她端坐着,前臂整个插在厚重的裘皮手筒里,抬着手臂要将皮手筒递给看画的人。

格雷戈尔接着又将目光转向窗户,阴霾的天气——窗檐上雨滴声可闻——使他全然陷于忧郁之中。"如果我再继续睡一会儿,将所有这些蠢事忘个干净,这样会不会好一些呢?"他想,但他根本办不到,平时他习惯于向右侧躺着睡觉,在现在的状况下,他无法翻身侧卧,无论他用多大的气力翻向右侧,他总是又摇摇晃晃地转回仰卧的姿势。他试了大概有一百次,眼睛也闭上,以免看见那些动个不停的腿,直到在腰侧感到一种前所未有的轻微的钝痛他才停止。

"天啊,"他想,"我选了个多么累人的职业啊!日复一日奔波于旅途之中。生意上的烦人事比在家坐店多得多,还得忍受旅行带来的痛苦,倒换火车老得提着心,吃饭不定时,饭菜又差,交往的人经常变换,相交时间不长,感情无法深入。让这一切都见鬼去吧！"他感到肚子上有点痒，便用背将身躯蹭到靠近床柱处，这样才比较容易抬起头来看。他看见发痒的地方布满白色小点，说不出那是些什么东西，想用腿去摸摸，但立刻就缩回来了，因为一接触全身就起一阵寒战。

他又滑回原来的地方。"这种提早起床的事，"他想，"会把人弄傻的。人需要睡眠。别的旅行推销员过的是后妃般的生活。譬如说，上午当我找好订户回旅馆来抄写订单时，这些先生们才坐在那儿吃早餐；若是我敢和老板也来这一套的话，会马上就被炒鱿鱼的。谁知道呢，说不定那样的话对我倒好，如果不是为了父母而强加克制的话，我老早就辞职不干了，我会到老板那儿去把心底话一吐为快，他听了定会从桌子上摔下来！那也真是一种怪异做法，自己高高地坐在桌子上对底下的职员说话，而他又耳背，人家不得不靠到他跟前去。还好，我还没有完全失去希望，一旦把父母欠他的钱存够了——大概还得五六年时间吧——我一定要做这事，到时候会有个大转机的，不过暂时还是得起床，我的火车五点就要开了。"

他看看柜子上滴滴答答响着的闹钟。"天哪！"他想，时间是六点半，而指针还在毫不迟疑地向前走着，六点半已过了，已经接近六点三刻了。闹钟难道没有响？从床上看到闹钟是拨到四点钟的，这没错：它肯定是响过了，是的，但他怎么可能在那震耳欲聋的闹声中安静地睡着呢？噢，他睡得并不安宁，但可能因此睡得更熟吧。只是，现在该怎么办呢？下一班火车七点开，想搭上它，他就必须火速行动，而样品还没有收拾好，他自己也感到不怎么有精神，并且不怎么想动。就算他赶得上这班车，老板照样会大发雷霆，因为公司的差役等在五点那班车旁，早把他没赶上车的事报告上去了，那人是老板的走狗，没脊梁也没头脑。那么，请病假好不好呢？那将会很尴尬，而且也显得可疑，因为格雷戈尔工作五年以来还没生过一次病，老板一定会带着医疗保险公司的特约医生来，还会为他的懒惰而责怪他的父母。所有的借口都会因为医生的在场而被反驳掉，对这位医生而言，世界上根本就只有磨洋工泡病号的极为健康的人，况且，今天这事如果他这么认为的话，是不是就完全不对呢？除了昏昏欲睡，而这一点在睡了这么久之后简直是多余的，格雷戈尔感觉极佳，甚至感到特别饿。

他脑子里快速地想着这一切，下不了起床的决心——闹钟正敲六点三刻——这时靠他床头那边的门上传来小心翼翼的敲门声。"格雷戈尔，"有人叫他——那是妈妈——，"六点三刻了，你不是还得赶火车吗？"正是那柔和的声音！格雷戈尔听见自己回答的声音时吓了一跳，这明明是他原来的声音，可是里面夹杂着一种好像是来自下面的、压制不了的痛苦的尖声，正是这高音使得他说出的话只有初时还听得清,紧接着就被搅乱了,使人不知道自己到底听对了没有。格雷戈尔本想详细回答,还想一一解释,但是在这种情况下,他只说了:"是的,是的,谢谢,妈妈,我这就起床。"格雷戈尔声音的改变在木门外大概听不出来,因为母亲听了这一解释也就放心了,她踢踢踏踏地走开了,但是家里其他人由于这简短的对话注意到格雷戈尔还在家,这是出乎他们意料的。父亲这时已经在敲侧面那扇门了,轻轻敲,但用的是拳头。"格雷戈尔!格雷戈尔!"他叫道,"你怎么啦?"过了一会儿他用比较低沉的声音再次催促他:"格雷戈尔!格雷戈尔!"从另一侧的那扇门传来妹妹轻轻的带着担心的声音:"格雷戈尔?你是不是不舒服?你需要什么吗?"格雷戈尔同时回答着两边的话说:"我这就好了。"他极为小心地注意发音,每个字之间停顿得比较久,竭力使话听不出有什么异常。父亲也回去接着吃他的早餐了，妹妹却低声地说："格雷戈尔，开开门，我求你了。"格雷戈尔却一点也不想开门，反而高兴自己由于经常旅行养成小心的习惯，晚上在家也锁上所有通向他房间的门。

首先他想安静而不受打扰地起床穿衣，最要紧的是吃早饭，然后，好好地想想下一步怎么做，因为他很清楚，躺在床上想是想不出什么好结果的。他想起，或许是由于睡觉姿势不对，平时他躺在床上时，身上常有隐隐作痛的感觉，起床之后就明白那只不过是想象的，他很想知道，今天的幻想会如何渐渐地消失。他的变声不是因为什么别的原因，而是重感冒的先兆，这是旅行推销员的职业病，对此他深信不疑。

将被子掀掉并不难，他只需涨大肚子，被子就会自动滑下去，不过下一步就难了，特别是因为他的身躯非同一般的宽，想坐起来就得用手和肘来撑，但他只有好多细小的腿，它们不停地乱动,而他又控制不住它们,当他想屈起某一条腿时,这条腿首先就是伸直;如果他成功地让这条腿听自己指挥了,这时所有其他的腿也就都好似被释放了,痛苦地在极度兴奋中扑腾起来。"可千万别无所事事地待在床上。"格雷戈尔对自己说道。

起初,他想下半身先下床,可是他还没见过自己的下半身,想象不出它是什么样子,结果它是那么难以移动,整个进度十分缓慢,简直快把他急疯了。最后,当他不顾一切用尽全力向前冲去时,他选错了方向,重重地撞在床尾的柱子上。身上的灼痛让他明白,目前他身体最敏感的地方也许就是他的下半身。

因此,他就设法让上半身先下床,他小心地把头转向床沿。这事倒容易,而且身躯虽然又宽又重,终于也跟着转过来了。但是当他终于能够把头伸到床外时,他不敢继续这样向前挪动了,因为如果他最后让自己就这样掉下床的话，脑袋不摔伤才怪呢，恰恰是现在，他是无论如何不能丧失知觉的；他觉得还是待在床上比较好。

他又费尽力气恢复原来的姿势，喘着气躺着，当他看着自己那些细腿扑腾得更厉害，而他又毫无办法使这些胡来的东西安静下来时，他就再次告诉自己，不能就这么留在床上，最理智的做法是，只要有一线希望就要不顾一切离开床铺。同时他也不忘记不时提醒自己，冷静地、极其冷静地思考要远比乱拼瞎决定好。在这种时刻，他尽力注意看着窗外，可惜晨雾不能带给他多少信心和鼓励，它连窄窄街道对面的一切都遮住了。"已经七点了，"当闹钟又响起时，他对自己说，"已经七点了，雾还这么大。"他缓慢地呼吸着，静静地躺了一会儿，好似在这完全的寂静中或许可以期待一切恢复真实和自然的正常状态。

但是接着他又对自己说："七点一刻之前我

一定得下床。反正到那时候公司也一定会有人来找我的,因为公司在七点前开门。"现在他开始将整个身体完全均衡地向床边摇晃过去。如果以这种方式翻下床,而他在掉下去的一刹那用力抬起头的话,那么头部将不至于受伤。背部似乎是坚硬的,掉到地毯上大概也不会出事。他最大的顾虑是掉下地时会有很大的响声,这如果不使门外的人大吃一惊,也会令他们担忧的。不过也只好硬着头皮一试了。

当格雷戈尔半个身子伸出床外时——这新方法与其说是苦工,倒不如说是一种游戏,他只须一摇一晃地挪动就行——他忽然想到,如果有人来帮忙的话,一切会多么简单易行。只要两个强壮的人就够了——他想到他的父亲和女佣——他们只需将手臂伸到他隆起的背部下边,拉他离床,弯腰放下重负,然后小心而有耐心地等待他在地上翻个身就行了,但愿他的那些细腿到时会变得懂事。那么,先不说门都是锁着的,他是否真该叫人帮忙呢? 虽然境况那么糟,但一想到这里,他就忍不住微微笑起来了。

当他用力摇晃时,身体已经快要失去平衡了,而他也必须马上做出最后的决定,因为还差五分就是七点一刻了 —— 这时大门的门铃响起来了。"公司来人了。"他对自己说,身子几乎僵住了,而那些细腿却挥舞得更慌乱了。片刻之间家中一点声音也没有。"他们不去开门。"格雷戈尔怀着一种毫无道理的希望自言自语地说。但是,女佣自然还像往常一样踏着坚定的步子去开门。听到来客第一声问好的话,格雷戈尔马上就知道来的是谁了 —— 法律全权代理亲自来了。怎么格雷戈尔就这么命定得到这么家公司干活,在这儿出了最小的差错马上就会遭受最大的怀疑。难道所有职员全都是无赖? 难道在他们当中就没有一个忠心耿耿的,早上几小时没为公司干活就受尽良心的折磨,并真的是下不了床的? 难道叫个学徒来问问就真的不够吗？——假如真有必要来问的话——难道非得法律全权代理亲自前来，因而让无辜的全家都看到，这可疑的事情只有交给他这样有头脑的人才能调查清楚？格雷戈尔越想越激动，出于这激动而不是经由正确的决定，他一用力将自己甩下床去。声音很大，但也不是那种震耳欲聋的响声，地毯使他跌落的声音减弱了，另外，他背部的弹性也比他想的要好些，因此，发出的声音是那种不引人注意的钝声。只是他不够小心，没把头抬好，头给撞了，他又气又疼，转转头在地毯上磨蹭着。

"房里有东西掉下来了。"全权代理在左边的房间说。格雷戈尔努力想象，今天发生在他身上的事，是不是有朝一日也会发生在全权代理身上呢？严格说来，人们该承认是有这种可能的。但是，犹如给他的提问一个粗暴的回答，全权代理在隔壁房间走了几步，他的步子坚定有力，漆皮靴子在地板上踩得嘎嘎直响。妹妹在右边房间小声向他报信:"格雷戈尔,全权代理来了。""我知道。"格雷戈尔喃喃自语着,但他不敢说得让妹妹听得见。

"格雷戈尔,"现在父亲在左边的房间里说,"全权代理先生来了。他是来问,为什么你没有搭早班火车走,我们不知道该怎么回答,况且,他要和你亲自谈,你就把门打开吧,他会宽宏大量原谅你房间的凌乱的。""早安,萨姆沙先生。"全权代理也很友好地插话叫他。"他不舒服,"当父亲还在门旁说话时,母亲对全权代理说,"他不舒服,相信我吧,代理先生,要不然他怎会误车呢! 这孩子脑子里装的只有公司的生意。晚上从不外出娱乐,我都快为这生气了。最近这八天他都在城里,但他每天晚上都待在家。他和我们在一起,安静地坐在桌旁看报,要不然就研究火车时刻表,做做木工活对他已经就是消遣了。譬如说,他用了两三个晚上刻了一个小镜框;它真漂亮,您看到了也一定会惊奇的；镜框就挂在他房里；等格雷戈尔开了门您马上就可以看到了。您来了真使我高兴，先生；我们自己真是没法叫他开门；他太固执了，他一定是不舒服，虽然早晨他否认有病。""我马上就来。"格雷戈尔缓慢而谨慎地说，可是他一步不动，这样才能听清谈话中的每个字。"如果不是生病就无法解释了，"全权代理说，"希望不是什么大病。虽然另一方面我得说，我们生意人为了顾及生意往往顾不得一些小病，——这是福是祸，就看人们怎么想了。""全权代理现在可以进去了吗？"父亲不耐烦地问着，又敲起门来了。"不行。"格雷戈尔说。左边房间出现了一阵尴尬的静默，右边房里妹妹啜泣起来了。

妹妹为什么不和别人在一起呢？或许她是才起床还没有穿衣服吧。她为什么哭呢？是因为他不起床，不让全权代理进屋吗？因为他有失去工作的危险，而老板又会来向父母讨债吗？大概眼前还不必担心这些吧，格雷戈尔人还在这儿，他根本就没有离家出走的念头。眼下他躺在地毯上，如果人家知道他的状况，是不会真的要他开门让全权代理进来的。可是格雷戈尔不会因为这点小小的失礼行为马上就被辞退的，今天这事以后总会找到合适的借口解释过去的。在格雷戈尔看来，如果现在让他安静，不用眼泪和劝说来打扰他，是比较理智的做法。可是大家不明详情，他们这么做也是无可厚非的。

"萨姆沙先生，"全权代理提高嗓门喊道，"到底是怎么回事？您将自己关在房里，只用行或不行来回答，引起您父母的极大担忧，这是毫无必要的。您还疏忽了——这只是顺便提提——您在公司的职责，您的做法事实上是闻所未闻的。我以您双亲和您老板的名义对您说话，十分严肃地请您马上把事情解释清楚。真叫我惊讶，真叫我惊讶。我一向认为您是位冷静有理智的人，而现在看来，您似乎突然闹起莫名其妙的情绪来了，今早老板已暗示过我，您旷职的原因可能是什么——指的是不久前交给您管的收账权——,但是,我真是差不多是用我的名誉为您担保了,我说这是不可能的,而现在我亲眼看到您执拗得不可理喻,再也不会有兴趣为您说任何话了。您在公司的职位并不是那么牢固的,原本我打算私下里把这些事告诉您,但您既然在这儿白白浪费我的时间,我就看不出有什么理由不让您的父母也知道这些事。近来您的成绩令人非常不满意;虽说这不是特别好做生意的季度,这点我们承认,但是整整一个季度没有生意,根本是不可能的,萨姆沙先生,是不允许的。"

"但是,代理先生,"格雷戈尔焦急万分地喊道,他太激动了,忘记了其他一切,"我马上,立刻来开门。一点点不舒服,一阵晕眩,使我起不了床。我现在还躺在床上。不过现在我又感觉有精神了。我正在下床呢。请耐心地稍等片刻! 看来状况没有我想的那么好,不过我已经感到能行了。一个人怎么就突然发生这样的事呢！昨晚我还好好的，我的父母亲是知道的，或者说得准确些，昨晚我已稍稍有些预感了，是该看得出来的，为什么我偏偏就没有去向公司报告呢！只是，人一般总是想，一点小病能够顶过去，不需要留在家里休息。代理先生！体谅体谅我的父母吧！您刚才对我的那些指责是没有什么理由的：没人告诉过我这些事。您大概还没看到我最近寄回公司的那些订单吧。我还要搭八点的火车出差呢，休息了几个钟头我精神好多了。别让我耽误您的时间了，代理先生；一会儿我就会上班去的，劳您驾先去说一声，还请您代我问候老板！"

格雷戈尔一面慌乱而快速地说着这些话，其实自己都不知道说的是什么，一面不费什么力气就靠近了柜子，这大概是因为有了床上的那些练习，现在他想撑着柜子站起来。他是真的想打开门，想露面，想和代理说说话；人家现在这么急于见到他，看到他的样子后他们会怎么说呢，这他很想知道。如果他们大吃一惊，那么责任就不再在他这边了，他可以心安理得；如果他们镇定自若接受一切，那么他就没有理由慌张，动作快一点的话，还真能赶上八点那趟火车。柜子很滑，起先他滑下来好几次，但是最后用力一提劲，终于站起来了；下身灼痛得厉害，但他顾不得那么多了。现在他将身体靠在旁边的椅背上，用他的细腿紧抓住椅背的边。这么一来他就把握住自己的身体了，他一言不发，因为这时他听见全权代理的声音了。

"您二位听懂一个字了吗？"代理问他的父母，"他不至于把我们当傻瓜吧？""天啊，"母亲声泪俱下地喊起来了，"说不定他病得很厉害，而我们还在折磨他。葛蕾特！葛蕾特！"接着她大叫着。"什么事，妈妈？"妹妹从另一边喊道。她们就隔着格雷戈尔的房间对讲起来了。"你得马上去请医生，格雷戈尔病了，快去找医生。

你听见他说话的声音了吗？""那是动物发出的声音。"全权代理说。他的声音同母亲的尖叫相比，显得特别低。"安娜！安娜！"父亲对着前厅朝厨房那边喊着，还拍手叫人，"立刻找个锁匠来！"话刚说出口，两个姑娘就已穿过门厅，她们的裙子嗖嗖地响——妹妹怎么这么快就穿好衣服了？——，接着猛然打开单元门出去了，听不见关门的声音；她们大概是让门就这么开着，发生重大事故的人家总是这样让门开着的。

格雷戈尔现在则镇静多了。人家是听不懂他的话了，他自己听自己的话倒是很清楚，甚至比以前更加清楚，或许是因为耳朵适应了，不过至少现在人家相信他不完全对劲，而且准备来帮助他了。他们作这些初步的安排时显得很有把握，也充满信心，这使他感到舒服。他觉得自己重又被纳入人类圈子，但愿医生和锁匠能做出不寻常的成绩。事实上他并没有准确分清两者的差别。为了使在就要来到的关键性谈话中自己的声音尽可能地清晰，他清了清嗓子，自然是努力压低声音，因为很可能这声音听起来也不像人的咳嗽声了。这一点连他自己也没信心去分辨了。隔壁房里一片静默，或许是父母和代理正坐在桌旁低声谈话，或许大家都靠在门上听他的动静。

格雷戈尔撑着椅子移身向门口走去，到了门旁，放开椅子，将身体靠向门，借着门撑住自己——他那细腿的脚底有些黏性——，就这么休息了一会儿，接着他开始用嘴去转动锁孔中的钥匙，糟糕的是，他像是没有真正的牙齿——不用牙齿他能用什么去抓住钥匙呢？——不过下颚倒自然是很结实的；借助下颚他也真的转动钥匙了，但他肯定受了什么伤，因为从他嘴里流出了一些棕色液体，流过钥匙，滴到地上，对这，他一点也没去注意。"您二位听听，"代理在隔壁房里说，"他在转动钥匙。"这对格雷戈尔是个极大的鼓励；但是大家，连父亲母亲在内，都该为他高呼助威才对:"加油,格雷戈尔,"他们应该这样高喊,"不要放松,坚持弄开门锁!"他想象他们都聚精会神地在注视着他的努力,便用尽力气不顾一切昏昏然地咬住钥匙,随着钥匙转动,他也绕着锁转动,现在他只用嘴撑住身体站立着;他根据需要,时而将自己贴靠着钥匙,时而用全身的重量去压下钥匙。锁终于打开了,响亮的咔哒声使格雷戈尔清醒过来。他松了一口气自言自语地说:"那么我不用锁匠就打开锁了。"他把头靠在门把上去,想把门整个打开。

因为是用这种方式开的门,所以门已经开得很大而人家还看不到他,他得先慢慢地从那扇门后转出来,并且得十分小心,以免人们进房之前自己就四脚朝天摔倒在地。他还在忙于艰难地挪动,顾不上管别人,就听到代理"啊"的一声大叫起来 —— 声音像刮风声 —— 现在他也看得见他了。他靠门最近,手遮着张开的嘴正在慢慢地后退,好似有一股看不见的力量有规律地推动着他。母亲——虽然全权代理在场,她还披头散发——先是双手合起看着父亲,接着朝格雷戈尔走了两步就昏倒在地,她的裙子摊开在她的四周,脸垂到胸前完全看不见了。父亲充满敌意地握紧拳头,像是想把格雷戈尔推回房里,接着又疑惑不定地看看起居室,然后用手遮着眼睛哭了起来,哭得他壮实的胸膛也颤动起来了。

格雷戈尔并不进房去,他在里头靠在那半扇扣紧的门上,所以只能见到他半个身体和那侧探出来的头,他对着他们看。这时天亮了,可以清楚地看见街对面那幢没尽头的灰黑色房子——这是一家医院——房子临街的一边突出一排整齐一律的窗子;雨还在下着,不过只是一滴滴可见的落在地上的大雨点。桌上摆了许多早餐的杯盘,因为早餐是父亲最重要的一顿饭,他在早餐时看好几份报纸,一坐就是几小时。对面墙上挂着一张格雷戈尔服兵役时的照片，他穿着少尉军装，看他手握着剑，面带无忧无虑的微笑，样子像在要求人家尊敬他的姿势与制服。通往门厅的门是开着的，因为大门也开着，所以可以看到门前平台和通往下面的几级楼梯。

"好吧，"格雷戈尔说，他很明白他是惟一保持镇静的人，"我会马上穿好衣服，收拾好样品，然后动身上路。您愿意，您愿意让我去吗？是啊，代理先生，您看，我并非冥顽不化，我是很愿意工作的；出差旅行是苦差事，但我不出差就无法生活。您上哪儿去，代理先生？去公司吗？是吗？您会将所有事都照实报告上去吧？一个人可能暂时失去工作能力，但这时也是想着他以前做出的成绩的时候，还可以考虑到，当他排除障碍之后，他会比先前更加勤快更加尽力工作的。我对老板真是忠心耿耿，这您是很清楚的。另一方面我还得操心父母和妹妹。我还陷于困境中，但我会重新挣扎出来的。我已十分为难了,请不要再雪上加霜。在公司里请站在我这一边吧! 我知道,公司里大家都不喜欢旅行推销员,以为他赚钱多日子美,他们没有什么特别的理由和机会可以比较仔细地去考虑这种成见的对错。但是,代理先生,您不同,您比其他同事更能全面掌握情况,私下说说,比老板本人更能通观全局,公司是老板的,因而他容易受误导而做出对职员不利的判断。您知道得很清楚,旅行推销员一年到头不在公司里,很容易成为流言蜚语和偶然事件的牺牲品,很容易受到无中生有的责怪,而他是根本不可能辩解自卫的,因为他对这些事一无所知,等到他精疲力竭结束旅行回到家里,这才亲身领会到那些可怕的后果,而原因是再也看不清摸不透了。代理先生,您先别走啊! 总得说句话表示您觉得我还有一点儿是对的再走啊!"

可是全权代理才听了开头的几句话就转过身去了,他张大着嘴,颤抖着肩,侧过头去看格雷戈尔。在格雷戈尔说话时,他一刻也没站定,而是眼盯着格雷戈尔一小步一小步地朝门口走去,好像有一道神秘的禁令不准他离开房间似的。已经走入前厅了,他最后一脚踏离起居室时那种突然的快速动作,真让人以为他脚底着火了。在前厅,他把手长长地伸向楼梯,好像那儿有神灵等着救他似的。

格雷戈尔清楚,如果不想让自己的职位受到最严重的危害,无论如何是不能让代理带着这种情绪离开的。父母亲对这一切是不太清楚的,他们在这些年里已经建立起信心,以为格雷戈尔待在这家公司,生活一辈子都有保障,何况他们眼下还有那么多叫人忧虑的事得应付,一点也无力去想将来的事了。但是格雷戈尔有先见之明。必得留下代理,安慰他,说服他,最后赢得他的信任;格雷戈尔和全家人的前途就在此一举了!如果妹妹在这儿就好了!她很聪明;当格雷戈尔还镇静地仰躺在地上时,她就已经哭了。而且，代理是个色鬼，他肯定会听她指挥的;她肯定会关上大门，在前厅里对他说话，说得他不再惊恐。但是妹妹偏偏不在，格雷戈尔必须自己采取行动了。他对自己目前的活动能力根本心中无数，也没有去想，人家可能，甚至相当肯定又会听不懂他的话，这些他都没想，就离开了那扇门，挤身过去，想要走到代理那儿去，代理这时正在屋前平台上可笑地用双手紧紧抓住楼梯栏杆;格雷戈尔刚这么一动就立刻倒下，一边找着可以支撑的东西一边轻轻叫了一声，那许多细腿已着地了，还没有整个趴下，他就感到身体舒适了，在今天早上这还是第一次;细腿在地下站得很稳，他十分高兴地注意到，它们完全听话，努力带他朝他想去的地方走去;他已相信，根本好转的时候已经到来了，但是就在这时，当他在离母亲不远的地方，趴在她对面的地板上，摇晃着想慢慢动作起来时，原先看起来一动不动的母亲，突然一下子跳了起来,伸开手臂,张开手指,喊了起来:"救命啊,天啊,救命啊!"她低下头,好像想把格雷戈尔看得更仔细些,但却又事与愿违不知不觉地后退,忘了她后面有张摆满杯盘的桌子,到了桌旁,又恍恍惚惚地慌忙坐上去,似乎根本没有注意到桌上大咖啡壶已打翻,咖啡正在她身后大股地流到地毯上去。

"妈妈,妈妈。"格雷戈尔轻声地叫她,朝上望着她。此刻他已完全忘了全权代理;相反地,看到流下的咖啡时,他忍不住用嘴巴向空中咂了咂。这使他母亲重又尖叫起来,她逃离桌子,倒在急忙跑过来的父亲的怀里。但是格雷戈尔现在顾不上他的父母了;全权代理已踏上往下去的楼梯,下巴靠在栏杆上,还回头看了最后一眼。格雷戈尔想跑动起来,好尽可能追上他;代理一定是预感到什么,因为他一跳就跳下好几级楼梯,接着就消失了,但他还在发着"呼!"声,声音穿过整个楼梯过道。糟糕的是,到现在为止一直比较镇定的父亲由于代理的逃离也显得慌乱了，因为他不但自己不去追赶代理，或者至少不要阻挡格雷戈尔去追赶，反而右手抓住代理连同帽子、大衣和留在沙发上的手杖，左手抓起桌上的一大张报纸，一面跺着脚，一面挥动手杖和报纸要将格雷戈尔赶回房里去。格雷戈尔的恳求一点用也没有，他的恳求也不被理解，他再谦卑地转着头也没用，父亲反而把脚跺得更重。那边，母亲不管天气寒冷，用力打开一扇窗子，探身窗外，用手掩住脸。巷子和楼道之间刮起一阵穿堂风，窗帘吹起了，桌上的报纸簌簌地响，一张张被刮到地下去。父亲毫不松懈地赶着他，发出嘘嘘的叫声，像一个野人似的，只是格雷戈尔还没学过如何后退走路，实在走得很慢。假如情况允许他转身的话，他会马上退回到房间，但是转身很缓慢，他害怕这会使父亲不耐烦，而父亲手中那手杖随时都可能对着他背上或者头上给他致命的一击。最后格雷戈尔一点别的法子也没有，只有转身了，因为他惊恐地注意到，后退时连方向都弄不准，这样他就一边不断偷偷惶恐地侧眼盯着父亲，一边开始尽可能地快速掉转身体，事实上却转得很慢。也许是父亲注意到他良好的意愿了，因为他掉转身体时父亲不干扰他，而且还远远地用手杖尖端不时指挥他转身的动作。如果父亲不发出这无法忍受的嘘嘘声该多好啊！格雷戈尔快被这声音弄疯了。他一直用心地听着这嘘声，当他快要整个地转过身时，甚至于搞错了！又转回了一点。当他终于把头转到门口时，发现身躯太宽，要通过可不那么容易。父亲处在眼下这种心理状态中，自然一点也不会想到将另一扇门打开让格雷戈尔有足够的地方通过去。他心中只有一个念头，格雷戈尔必须尽快地进他自己的房间去，让他站立起来或许就进得去。但这得做许多麻烦的准备，父亲是绝不会允许的。他倒反而用更大的声音驱赶格雷戈尔向前走,好像什么障碍也不存在似的,在格雷戈尔后面的声音,听起来已一点也不像仅仅只是一个父亲发出的了;这可真不是闹着玩的了。于是格雷戈尔不顾一切挤进门去。他身躯的一边抬高起来,斜着身体躺在门洞里,身体的一侧擦伤了,白色的门上留下难看的斑迹,很快他就被夹紧了,靠他自己是一点也动弹不得了,向上一边的细腿挂在空中颤抖着,另一边的则被压在地上,十分疼痛——这时,父亲从后面重重地给了他解脱性的一脚,他跌进房间中间,身上流着血。门用手杖给关上了,屋里终于安静下来了。

二

直到暮色朦胧时,格雷戈尔才从他那昏厥似的沉睡中醒过来。如果没有干扰的话,他过一会儿也肯定会醒的,因为他感到自己休息过来了，觉也睡足了，不过他仍觉得好像是被一阵轻轻的脚步声和小心关闭通往前厅的门的声音给弄醒了。街灯的亮光，这儿一块那儿一块淡淡地映在天花板和家具的上半部，但是底下格雷戈尔那儿却是一片漆黑。他笨拙地用触角探索着，到这时他才知道触角之可贵。他慢慢地将自己朝着门口移去，想看看那儿到底发生了什么事。他身躯的左侧像是一条长长的、紧紧地绷得很不舒服的伤疤，他只能一瘸一拐地用那两排细腿走路，此外有一条腿在上午的事故中受了重伤——只有一条腿受伤，简直是个奇迹——，它毫无力气地被拖着走。

到了门旁他才发现，真正吸引他过来的是什么：那是食物的气味。因为那儿放了一个小钵，里面盛满甜牛奶，还有切成细块的白面包浮在上面。他高兴得快要笑起来了，因为他现在比早晨饿得更厉害，于是马上将头埋入牛奶中，连眼睛都快浸没了，但是，很快他又失望地把头抽了回来；不仅是因为那不好对付的左侧使他吃东西很困难——他只有在全身用力一起动作时才能吃到东西——，还因为牛奶一点也不好吃了。而牛奶一向是他最喜欢的，妹妹一定是因此才将牛奶放在这儿给他吃的；他简直是厌恶地转离钵子，爬回房间中央去的。

格雷戈尔从门缝里看到起居室已点起煤气灯，平常这时候，父亲总要高声把晚报读给母亲听，有时妹妹也听，但现在什么声音也听不到。妹妹经常把这事讲给他听或者写信告诉他，不过或许最近以来父亲不大朗诵了。但是周围都那么寂静，而家中肯定是有人的。"我们一家过的是多么平静的日子啊。"格雷戈尔对自己说，他一面不动地在黑暗中这么看着，一面觉得自己能让父母亲和妹妹在这么好的住房中过上这样的日子真值得自豪。可是，如果现在这一切的安静、富足、满意都可怕地结束了，那可怎么办呢？ 为了不让自己沉浸在这种思绪中，格雷戈尔宁愿活动起来，在房里爬来爬去。

在这个长长的夜晚中，有一边的门打开了一小道缝，后来有一次另一边的门也被打开了，两次都是接着马上就又关上了；显然是有人很想进来，但又顾虑太多。格雷戈尔现在紧靠着通往起居室的门停了下来，他决定想办法让那踌躇的访客进来，至少也该知道他是谁；但是门再也没有打开过，他只有徒劳地等待着。今天早晨，门锁着时，大家都想进来，现在，他已开了一扇门，白天其他的门锁显然也都被打开了，却再也没有人来，而且钥匙现在是插在外面的。

直到深夜起居室才熄了灯，现在可以很容易地确切知道，父母和妹妹是一直久久地守在那儿的，因为可以清楚地听见他们三人蹑手蹑脚走开了。到明天早晨是不再会有人来看格雷戈尔了；这样他就有一段长的时间可以不受打扰地考虑如何重新安排现在的生活。但是他被迫趴在地板上的这间高而空的房间使他害怕，他找不出害怕的原因，因为这可是他已住了五年的房间呀——他半无意识地转了身，带着一些羞愧急忙钻到长沙发底下，虽然背部有点被挤压着，头也抬不起来，但他立刻感到很舒服。可惜身躯太宽，不能整个藏进去。

整整一夜他就待在那儿，有时半睡着，可又时时被饥饿感弄醒，有时则沉在忧虑之中，时而夹杂着模模糊糊的希望，总的结论是，目前他必须镇定从事，要有耐心，要极端体贴家人，使他们比较容易忍受他在目前的状况下不得已给他们造成的烦恼、难堪。

清晨，其实那几乎还是夜里，格雷戈尔就已经有机会检验自己刚下的决心到底坚定不坚定了，因为，几乎穿戴整齐的妹妹从前厅那儿打开了他的房门，紧张地朝房里看。她没有立刻看到他，但当她发现他在长沙发底下时——天啊，他总得待在哪儿吧，他又不能飞走——吓了一大跳，便不由自主地将门从外头砰地关上。但是，仿佛对自己的行为感到后悔，她立刻又把门打开，踮着脚走进来，好像探望的是重病人，甚或是陌生人似的。格雷戈尔把头一直伸到长沙发边上注视着她。她是否会注意到他没喝牛奶，并且绝非因为不饿？她会不会拿来其他比较适合他的食物？如果她不自动地去做这事，他是情愿饿死也不会去促使她注意的，虽然他极想从沙发底下冲出来，趴在她的脚边，求她随便拿点什么好吃的来给他吃。但是妹妹马上就惊讶地发现钵子里牛奶还是满满的，只是四周洒了一点，她立刻拿起钵子端了出去，但不是用手直接拿，而是垫着一块抹布拿的。格雷戈尔极为好奇地想知道，她会拿什么来替换，他脑子里转着各种不同的想法。但是，善良的妹妹实际上做的，却是他无论如何也猜想不到的。为了让他试试口味，她带来了许多不同的东西，摊开在一张旧报纸上。有半腐烂的不新鲜蔬菜；有晚餐剩下的肉骨头，外面还蒙着一层汤汁的冰;几粒葡萄干和杏仁;有一块奶酪,就是两天前格雷戈尔说它已不能吃的那块;有一块没涂东西的面包,一块涂了黄油的面包,一块涂了黄油又撒了盐的面包。此外,她又放了一只钵,在里头倒了水,看来这钵是永远归格雷戈尔专用了。因为她知道,格雷戈尔当着她的面是不会吃的,出于体贴,她很快地退出房间,甚至还把钥匙转了一圈,只为了让格雷戈尔知道,他可以随心所欲舒舒服服地吃东西了。格雷戈尔的那些细腿飞快奔向食物。他的伤肯定是全好了,他没有再觉得有什么不便,对此他感到吃惊;他想起一个多月前手指头让刀子给切伤了,那伤口到前天还在疼呢。"难道我现在感觉不那么灵敏了?"他想,接着就津津有味地吮吸起奶酪来了,在各种食物中,奶酪立刻并且一直吸引着他。他很快地一样接着一样把奶酪、蔬菜和肉汁都吃了,眼中含着满意的泪水;相反地,新鲜的食物他觉得不好吃,他甚至不能忍受它们的气味,把他想吃的东西拖得离它们远一点。当妹妹慢慢转动钥匙给他一种信号让他退走时,他早已吃完,正懒洋洋地躺在原处。这立刻将他吓了一跳,虽然他差不多正打着瞌睡,于是他又急忙回到长沙发底下。可是这要他有很大的自我克制力才行,即便是在妹妹留在房里这短短的时间内,因为吃了这么多东西,他的肚子鼓起来了,挤在那狭窄的地方快要不能呼吸了。忍着一阵阵憋气的难受,他用有些突出的眼睛看着那毫不知情的妹妹。看她用扫帚不只将他吃剩的,也将那些他碰都没碰的食物扫在一起,好像连这些也不能再要了,然后急忙将所有东西倒入一个桶里,用木盖子盖住,接着全提走了。她刚转过身,格雷戈尔就从沙发底下爬出来,伸伸腿,打打呃。

格雷戈尔就是这样每天得到他的食物的,早晨一次,那时父母亲和女佣都还在睡觉,第二次是在大家吃过中饭之后,因为这时父母也还得睡上一小觉,而女佣则会被妹妹支开去随便买点什么。他们肯定也不愿意他饿死,但或许是有关他吃东西的事,他们只听人说说,还能忍受,更多的就受不了了,或许是妹妹想尽可能地一点也不让他们伤心,因为,事实上他们已经够痛苦的了。

那天上午他们是用什么借口把医生和锁匠打发走的,格雷戈尔一点儿也不知道,因为人家既然听不懂他的话,也就没有人会想到,连妹妹也没想到,他能够听懂别人的话。这样,每当妹妹在他房间时,他就只能时而听到她叹息和念着神明的声音了。到后来,当她对一切稍微习惯了——完全习惯自然是绝不可能的——,格雷戈尔才偶尔听到她的评论,总是善意的或者是可能那样理解的。"今天他可吃得香呢。"如果格雷戈尔在底下把食物打扫得一干二净,她就这么说,如果情况相反,而相反的情况越来越常出现,她就会近乎忧伤地说:"又是什么都剩下不吃。"

　　格雷戈尔虽然无法直接得到什么新消息,但有时也能从隔壁几个房间里偷听到一些事。只要一听到哪儿有声音,他就立刻往那边的门跑去,全身紧贴着门。特别是在最早那些日子里,没有一次谈话不多多少少与他有关,即使只是秘密地谈着。足足两天,一到饭桌上大家就商量现在该怎么应付;但是,不在吃饭时他们也在谈论同一题目,因为家中总是至少有两个人在,想必是没人愿意单独留在家中,而全家都走光更是不可能的事。还有,马上在第一天女佣——对这事故她知道些什么,知道多少,这都不大清楚——就向母亲苦苦哀求,要母亲立刻辞退她,一刻钟之后,她来告别,泪水汪汪,为她得以走掉感谢不尽,简直就像人家为她做了件最大的善事。她还发了毒誓,绝不对任何人讲起任何一点有关的事,其实并没有人要求她这么做。

现在妹妹也得帮母亲做饭了；不过这不太费事，因为大家几乎什么也不想吃。格雷戈尔老是听到家里一个人劝另外一人吃，可总是徒然，得到的回答不外是"谢谢，我吃够了"或者类似的话。或许酒也不喝了。妹妹时常问父亲要不要喝啤酒，她还真心诚意地站起来要亲自去买，当父亲沉默不答时，她就说也可以让管房子的女人去买，好免去他的顾虑，但父亲最后会重重地说一声"不"，这事就不再谈了。

在最初的几天里，父亲就向母亲和妹妹讲明了家里全部财产的情况以及对未来的企盼。他不时从桌旁站起来，从一个小小的保险箱里取出某一张单据或某一本记事簿，这保险箱是五年前他公司破产时他抢救出来的。可以听得见他如何打开那把复杂的锁，取出所要的东西后又如何锁上的声音。在父亲的这些解释中，有些话是自从格雷戈尔被困以来最先令他高兴的事。他本以为父亲原先的生意什么也没留下，至少父亲未曾对他说过相反的话，不过格雷戈尔也没专门问过这事。那时格雷戈尔惟一关心的事是竭尽全力让家人尽快忘记生意上的失败，那场不幸的事使全家人都陷于绝望的境地。于是他就开始特别热情地投入工作，很快地从小伙计成为推销员，自然赚钱的机会也就不大相同了，他的工作成绩马上就以回扣的形式变为现款，让他可以在家中当着惊讶而欣喜的家人放到桌上去。那曾是美好的时光，这样的时光在那之后从未再有过，至少没有那么光辉灿烂了，虽然后来格雷戈尔赚的钱很多，使他能够负担全家的开销，而且真的负担起了全家的花费。大家反正都习惯了，家人和格雷戈尔都习惯这事了。家人感激地收下钱，他乐意地交出钱，但是那种特殊的温暖之感却再也出不来了。只有妹妹还很亲近，他暗地里有个计划，明年送妹妹去音乐学院学习；妹妹同他不一样，她喜欢音乐，小提琴拉得很动听。他不考虑上音乐学院必定要花一笔庞大的费用，那总可以用其他什么方法凑齐的。格雷戈尔留在城里家中的短暂时间里，在与妹妹的聊天中，经常会提到音乐学院，不过总是将它当作一个美梦，不能想象它能实现，对这些天真的议论，父母亲连听都不想听；但是格雷戈尔想法坚定，他打算在圣诞节之夜隆重地宣布这件事。

当格雷戈尔直立着贴在门上倾听时，他脑海里始终翻腾着这些目前状态下一点用也没有的想法。有时候他疲乏不堪实在没精神听了，头便无意间碰到门上去，但他立刻就又把头撑住，因为头碰在门上会发出声音，即使是最小的声音隔壁房里也听得见，于是大家就不出声了。"他又在搞什么名堂了？"过一会儿父亲会这么说，显然是对着门说的，慢慢地，被打断的谈话才又重新继续下去。

格雷戈尔现在知道得不少了——因为父亲在说明事情时总是重复，这一方面是由于他长期不做这些事了，另一方面则由于母亲不能听一遍就弄懂所有的事——格雷戈尔得知，家中当初虽遭受灾难，还是留下了一笔小小的财产，这几年的利息也没动用，钱就有所增加了。另外，格雷戈尔每月带回家的钱——他自己只留下几个古尔登零用——也没有全花完，已积攒成一小笔资金了。格雷戈尔在门后使劲点头，为这没有料想到的谨慎和节约而感到高兴。他原本可以用这些多出来的钱把父亲欠老板的债多还掉一些，那么他甩掉现在这个工作的日子就会近得多，但是父亲的做法现在无疑是更好的。

不过，如果家人要靠利息生活，这笔钱是绝对不够的；它能维持全家一年，至多两年的生活，再长就不行了。事实上它只是一笔为不时之需而留起来的钱，是不能动用的；维持生活的钱得去挣，而父亲虽还健康，但年龄已大，他有五年没有上班了，自己可能也不大有信心了；

在父亲劳累而又没有什么成就的一生中,这五年是他第一次过上自由自在的生活,他胖起来了,因此行动也变得相当不便了。那么难道让老母亲去挣钱?她患有气喘病,在屋里转一圈就累得不行,而且每隔一天就因气喘发作,得打开窗户坐在窗口边的沙发上透气。难道叫妹妹去挣钱?她还只是个十七岁的孩子,至今为止受着宠爱,她的生活内容就是将自己打扮得整齐漂亮,睡懒觉不起床,帮忙做点家务,参加点不太花费的娱乐生活,而最主要的事是拉小提琴。每当他们谈到挣钱的必要性时,格雷戈尔总是先放开门,扑到靠门的冰凉的沙发上,他会因为羞愧和伤心而面红耳赤。

他时常整宿不眠,几小时几小时地抓着刨着沙发。或者不惜费力气把一张沙发椅子推到窗旁,接着往窗台上爬,底下抵住椅子,身体靠向窗子,显然是在回忆那种自由的感受,以前他向窗外眺望为的就是得到那种感受。因为事实上只要是稍远一点的东西,他看起来就一天比一天模糊了;对面的医院他已一点儿也看不见了,而以前他为了老要看到这医院而咒骂过,如果不确切知道自己住的夏洛蒂街虽然幽静却完完全全是市区的话,他真会以为窗外见到的是一片灰蒙蒙天地不分的荒漠呢。细心的妹妹只有两次看到椅子在窗前放着,便每次在打扫完房间之后重又把椅子推到窗前原来的地方去,甚至从那时开始将里面的一扇窗子开着。

如果格雷戈尔能和妹妹说话,能感谢她为他所做的一切,那他就可以比较安心地接受她的服务;而像现在这样则非常痛苦。妹妹自然是尽可能不让他得知整个事情的尴尬难堪,而时间越久她也越能做到这一点。不过,随着时间的推移,格雷戈尔也越来越看得清楚了。她能进屋就已使他受惊了。一进来她就直奔窗户,连用点时间把门关上都顾不到,而平时她是十分注意不让别人看到格雷戈尔的房间的;她像快要窒息似的,慌忙用双手使劲打开窗子,天气再冷也要在窗口停留一会儿,深深地呼吸着。她的跑动和弄出的响声每天两次惊吓着格雷戈尔;在这整段时间里,他颤抖着躲在长沙发底下,而他又深知,如果她在窗户关闭着的情况下能有一点可能和格雷戈尔一起待在一个房间里,她是一定会乐意保护他,不让他受这种罪的。

大约已是格雷戈尔变形后一个月的光景,妹妹该已没有什么特别理由为看到他的样子而吃惊了,有一次她来得比平时早了一些,正好见到格雷戈尔一动不动地直起身子朝窗外看,样子真是吓人。如果她只是止步不前,格雷戈尔也不会感到意外,因为他在那儿挡着使她不能马上去打开窗子,但她不只是不进屋,甚至于还吓得往后一跳,关上了门;陌生人简直会以为格雷戈尔埋伏在那里伺机要咬她呢。格雷戈尔自然马上就躲到了长沙发下面,但他一直等到中午才见妹妹重又进来,她看来比往常更加紧张不安。由此，他看出妹妹仍然不敢看到他的样子，而且以后也必定不会改变，如果她看到他的身体露出长沙发而不跑掉，即使只看到一点点，她必须十分克制才能做到。为了不让她看见他，有一天他用背驮了一张床单——为此他用了四个小时——到长沙发上去，把它弄得可以将他整个地遮住，妹妹即使弯下腰也看不到他。如果觉得无此必要，她完全可以把床单拿掉，因为格雷戈尔这样完完全全把自己蒙住自然不是为了好玩，这是很清楚的事，但是她就让床单那样挂着。有一次格雷戈尔小心地把床单拉开一点，想看看妹妹对这新设施有些什么反应，他甚至于相信在妹妹的眼神中捕捉到一点感激之情。

最初十四天中，父母亲不敢到他房里看他，他常常听到他们对妹妹现在所做的表示认可，而在这以前他们常为她生气，因为在他们眼中她是个没用的女孩子，而现在，每当妹妹在格雷戈尔房里收拾时,父亲和母亲两个人就等在门外,她一出来,他们就让她仔细叙述一遍,房间里现在是什么样子,格雷戈尔吃了什么,这一次他表现如何,还有,就是能否看出有点好转。其实母亲在较早的时候便想看看格雷戈尔了,但是,最初父亲和妹妹用种种合情合理的理由劝阻她。格雷戈尔十分留意地听着,他完全赞同那些理由。后来他们只好拼命用力阻止她进去,她就叫喊:"让我去看看格雷戈尔,他是我可怜的儿子呀!你们难道不懂吗?我非得看他不可呀!"每当这时,格雷戈尔就想,说不定母亲进来也好,当然不是每天,或许可以一星期一次,对这一切她会比妹妹懂得多得多。妹妹虽然胆大,但只是个孩子,说到底不定只是由于天真轻率而接过这样艰巨的任务。

格雷戈尔想要见到母亲的愿望不久就实现了。白天里因为顾虑到父母,格雷戈尔并不去窗口,以免让人看见,但在那几平方米的地板上他又不能多爬，夜间一动不动地躺在那儿已够他受的了，不久他对吃东西一点乐趣也没有了，这样，他就养成了一种新的消遣习惯，在墙上和天花板上纵横交错地爬来爬去。他特别喜欢倒挂在天花板上，这样可以更轻松地呼吸，有一阵轻轻的振动通过全身；当他高高挂在上面沉浸在一种几乎是快乐的心不在焉的境界中时，有时可能不自觉地放开腿重重地摔到地板上去。但是他现在控制身体的能力和以前自然是完全不同了，这么重重地摔下来也不会受伤。妹妹很快便注意到他新发现的这种消遣方式——他在爬行时总要在一些地方留下黏液的痕迹——于是她暗自下定决心，让格雷戈尔能在最大范围内爬动，因此她要把挡道占地的家具全搬走，特别是那个柜子和那张写字台。只是她无法一人单独做这些事情；她不敢请父亲帮忙，而女佣是绝不会帮她的，因为自从女厨子辞工不做之后，这个十六岁的女孩虽说鼓足勇气留下来了,但她要求得到点照顾,就是允许她把厨房门锁住,只有在特别叫她时她才开门。妹妹不得已,只好有一次趁父亲不在时请母亲来帮她。母亲兴奋得很,嘴里念念有词地过来了,但是到了格雷戈尔的门口她就突然不作声。妹妹自然是先进屋看看情况,然后才让母亲进屋。格雷戈尔急忙把床单拉得更低,又弄出更多褶子,看起来像是随便往沙发上一扔的一条床单。格雷戈尔这一次也不准备从床单底下偷偷向外窥望了;他放弃这一次就见到母亲的想法。母亲终于来了,这就使他高兴了。"来吧,看不见他的。"妹妹说,显然她拉着母亲的手进来了。这时,格雷戈尔听见,这两个荏弱的女子如何在搬动那个沉重的老柜子,妹妹总是揽去大多数的活,母亲担心她太劳累,但她并不听从母亲的告诫,这样过了很长的时间,大约已经搬了一刻钟后,母亲说,其实让柜子留在这儿也好,因为,一则它太重了,在父亲回家之前她们是搬不走的,而柜子搬一半放在房间的中央会阻塞格雷戈尔所有的路,二则没人确切知道,搬走家具是否就真的帮了格雷戈尔的忙,为他做了件他喜欢的事。她觉得情况恰恰相反,看看光秃秃的墙壁她心里很不舒服,而格雷戈尔难道就不会也有这种感受吗?他已长期用惯了这些家具,在一个空荡荡的房间里会有孤单被遗弃的感觉。"再说,"母亲最后低声说,她其实一直都是用耳语说着话,她这么做似乎是连声音也想避免让他听见,因为他藏身何处她并不知道,她也深信他是听不懂话的,"再说,事情会不会这样:搬走家具好像借此向他表明我们放弃了他会好转的希望,毫不在乎地让他自生自灭?我想,最好还是让房间维持原状。这样,格雷戈尔回到我们中间来的时候,就会发现什么都没有变,可以比较容易忘记其间发生的一切。"

听着母亲说的话,格雷戈尔认识到,两个月里缺乏与人直接交谈,又在家中过着单调的生活，一定已把他的判断力搞乱了，因为不是这样的话，他就无法解释，他会真的希望让房间整个空出来。难道他真的有意把那温暖的、摆着祖传家具的舒适房间改变成一个洞穴？当然，那样的话，他就可以在那里四面八方不受干扰地爬行，但同时，也会迅速而完全地忘记他做人的过去时光，这是他所要的吗？他现在已到了忘记过去的地步了，只不过是长久以来未听到的母亲的声音使他清醒过来而已。什么都不该搬走，所有东西都得留下，他需要家具对他的处境产生好的影响；有家具阻挡他，使他不能毫无意义地到处乱爬，这并不是坏事，反而大有益处。

可惜妹妹意见不同；她在父母面前，每当谈到有关格雷戈尔的事情时，已惯于摆出一副专家的姿态了，这当然并非全无道理。所以，现在母亲的意见反而使妹妹更觉得有理由坚持自己的主张了，不但要搬走柜子和书桌，这是她原先想到的,还要搬走所有的家具,只留下那张不可或缺的长沙发。使她坚持这种主张的,自然不只是出于孩子气的倔强和她近来出乎意外艰难地获得的自信心;她的的确确观察到,格雷戈尔需要许多地方爬行,相反地,就见到的情况来说,他并不使用家具。或许也有她这种年龄的女孩那一股疯劲,做什么事都要发痴,并且随时要找机会过这个瘾,葛蕾特正是因此而想把格雷戈尔的情况弄得更令人害怕,借此可以为他做更多的事。因为一间由格雷戈尔一个人控制着四片空墙的房间,除了葛蕾特是不会有人敢进去的。

就这样,她并不因母亲而放弃决定,而母亲在这房间里也因心绪不宁而显得不知所措,很快就不再作声,并且力所能及地帮着妹妹把柜子弄出去。好吧,万不得已时格雷戈尔也可以没有柜子,但是写字台是必须留下来的。两个女人刚刚喘着气抵住柜子出了房间,格雷戈尔就把头从长沙发底下伸出来,想看看他能做点什么,自然他得小心谨慎并且尽可能顾及别人。糟糕的是,先回到他房间的人,刚好是母亲,妹妹这时正在隔壁房里,她一人围抱着柜子摇晃着,却一点儿也挪不动它。可是母亲还没有看惯他的样子,他会把她吓病的,所以格雷戈尔慌忙往后退,爬到沙发的另一头,但在此之前床单还是动了一下。这已足够引起母亲的注意了。她停顿住,静静站了一会儿,就回到葛蕾特那儿去了。

虽然格雷戈尔一直对自己说,其实没有发生什么了不得的事,只不过搬动几件家具而已,但他很快就不得不承认,女人们跑过来跑过去,她们小声地呼叫,家具在地板上的摩擦,这些动作所起的作用就像有一股巨大的乱哄哄的力量从四面八方向他袭来,尽管他把头和脚都紧紧地收缩起来,身体紧贴在地板上,他还是不得不对自己说,这一切他再也忍受不了多久了。

她们把他的房间洗劫一空,拿走所有他喜爱的东西;她们已搬走了装着他的钢丝锯和其他一些工具的柜子;她们现在正在松动那牢牢嵌入地板的写字台,他上商学院,上中学,甚至还在上小学时便是在这张写字台上写作业的 —— 这下他真的是没有时间去检验两位妇女的良好动机了,另外,他几乎忘了她们的存在,因为她们累得干活时已不再说话,只能听见她们沉重的脚步声。

于是他冲了出来 —— 两位妇女现在在隔壁房里正靠着写字台喘气 ——,他跑动时换了四次方向,他真不知道应该先救什么,这时他看见那已光秃秃的墙上醒目地挂着那张穿皮衣的女士像,便急匆匆地爬上去,紧贴在玻璃上,玻璃吸住他,也使他那热得发慌的肚子感到舒服些。至少,这张他以全身遮盖住的画,现在是不会被拿走了。他把头转向起居室的门,在两位妇女回来时好监视她们。

她们没让自己休息多久就又回来了；葛蕾特用手臂拥着母亲，几乎是抱着她。"好了，现在我们搬什么？"葛蕾特说，朝四周看了看。她的目光与格雷戈尔来自墙上的目光相遇了。大概是因为母亲也在，她保持镇静，低下头对着母亲，以免她四处张望，接着她说道："来吧，我们是不是再到起居室待一会儿更好？"只是她的声音颤抖着，话也显得欠考虑。格雷戈尔清楚葛蕾特的意图，她是想先把母亲撤到安全的地方，然后再把他从墙上赶下来。好吧，她要试就来试试吧！他会守住他的那张画，绝不让出。他宁可对着葛蕾特的脸扑过去也不放弃。

但恰恰是葛蕾特的话使母亲更加不安了。她跨向一旁，看到印花墙纸上那巨大的棕色斑块，还没有真正意识到她看到的是格雷戈尔，就用沙哑的声音大喊着："啊，上帝，啊，上帝！"接着整个人瘫倒在长沙发上，一动不动，双臂张开，仿佛放弃一切不管了。"你呀，格雷戈尔!"妹妹挥着拳瞪着眼对他喊道。这是自他变形以来她第一次直接对他说话。她跑到隔壁房间,想随便拿一种什么香精,好让母亲从昏迷中醒过来;格雷戈尔也想帮忙——抢救图画还有时间——,但是他牢牢地粘在玻璃上,得费很大气力才使自己挣脱下来;他跟着她跑到隔壁房间,仿佛他能够像以前一样给妹妹出点什么主意,但他却只能无济于事地站在她后面;她在一些小瓶子间翻来翻去时,偶一回过头又吓了一跳,一个瓶子掉到地上摔碎了;一块碎片弄伤了格雷戈尔的脸,一种有腐蚀性的药水在他周围流开了;现在葛蕾特不再耽搁了,她尽可能多地拿起一大堆瓶子向母亲那儿跑去,并用脚把门砰地关上。格雷戈尔现在和母亲隔离开了,他的过失或许已把她推到了死亡的边缘;如果他不想吓走必须留在母亲身旁的妹妹,他就不能去开门;现在,他除了等待没别的事好做。受着自责和忧虑的折磨催迫,他开始爬起来,墙壁、家具、天花板到处爬；他陷入绝望之中，最后当整个房间在他四周旋转起来时，他终于掉了下来，落在了大桌子的中间。

时间过去了一小会儿，格雷戈尔疲乏无力地躺在那儿，周围寂静无声，说不定这是个好迹象。这时门铃响了，女佣自然是自己锁在她的厨房里，葛蕾特只好出来开门。是父亲回来了。"出了什么事？"是他说的第一句话。肯定是葛蕾特的样子使他看出了什么。葛蕾特答话时声音低沉，她显然是把脸埋在父亲的胸前："母亲刚才晕过去了，不过现在已经好些了。格雷戈尔跑出来了。""我早就料到了，"父亲说，"我不是老对你们说吗，可你们女人就是不听。"格雷戈尔很清楚，是父亲把葛蕾特过于简短的说明往坏处理解了，他以为格雷戈尔有了什么暴力行为，所以现在格雷戈尔得先设法让父亲的怒气平息下来，因为他既没有时间也没有可能向他解释清楚。于是他逃向自己房间的门旁，身体紧贴着门,这样父亲一进家门便可以从门后那儿看到他,知道他怀着最良好的意愿,要马上回自己房间去,人家无须驱赶他,只要打开门,他就会立刻躲进房里去的。

可是父亲没有心情去注意这种细微处。"啊!"他一进门便马上喊了起来,声音听起来既怒又喜。格雷戈尔把头从门那儿缩回去,抬起来对着父亲。这样站在那儿的父亲,真不是他想象的那样了;当然,最近他忙于到处乱爬,不再像以前那样关心家里其他房间发生的一些事了,对遇到的一些新情况原该估计得到才对。然而,这难道还是父亲吗? 以前,每当格雷戈尔动身出门时,他还疲倦地裹在被窝里;晚上他回家时父亲穿着睡衣坐在安乐椅上不怎么站得起来,只是抬抬手臂表示欢迎。一年中有那么几个星期日,还有就是在最大的节日里,在难得的几次全家一起散步中,他走在格雷戈尔和母亲中间,他们实际上已走得很慢了,他则还要更慢，他裹在他那件旧大衣里，小心翼翼地拄着拐杖艰难地向前走，当他想说点什么话的时候，他就站住不走，让陪伴的人围拢他。难道他与现在站在这儿的是同一个人吗？现在他站得相当直，穿着一件笔挺的蓝色制服，上面有金色扣子，就是银行仆役穿的那种衣服；从上装那又挺又硬的领子里露出了他壮实的双下巴；在他浓浓的眉毛下，精力充沛神情专注的目光从他那双黑色的眼睛里射出来；他平时乱蓬蓬的白发如今过于整齐地梳成分头，头发油亮发光。他的帽子上有金色字母，那大概是一个银行的标志，他把帽子向房间另一边的长沙发上一抛，把长长的制服上衣的下摆往后一甩，双手插在裤袋里，一脸愠怒直朝格雷戈尔走去。打算做什么，可能他自己也不清楚；不过他至少把脚抬得很高很高。那巨大的靴底使格雷戈尔感到惊讶。不过他不敢在这上面耽误时间，从他新生活的第一天起，父亲就认为只有以最严厉的方法对待他是合适的。于是他在父亲前头跑了起来。父亲停下来时他也停下,只要父亲一动,他就又急忙向前跑。他们就这样绕着房间跑了几圈,并没有发生什么决定性的大事,因为速度慢,整个看起来也不像是在追赶。所以格雷戈尔暂时也就留在地板上,因为他还害怕,如果逃到墙上或天花板上,父亲会认为那是一种特别的恶意。但是,格雷戈尔不得不告诉自己,甚至连这样跑他也快要支持不住了,因为父亲每走一步,他就得动无数次。呼吸已经开始感到困难了,从前他的肺也不是很好的。当他这么跌跌撞撞地往前跑时,为了集中所有的力量,他的眼睛几乎睁不开;在这种麻木状态下他根本没有想到除了跑还有其他解救方法,几乎忘记他是可以上墙的,不过这儿的墙反正也被一些凹凸起伏的精致镂花家具挡住了——这时有一样不是很用力丢过来的东西紧挨着他落在地上,又滚到他前面。那是一个苹果;接着第二个苹果也向他飞过来；格雷戈尔吓得站着不动；继续跑是没有用的，因为父亲决心轰炸他了。他把碗柜上水果盘里的苹果装在口袋中，一个接一个地扔出去，只是眼下还没有好好地瞄准。这些小小的红苹果像带电似的在地板上滚来滚去，又互相碰撞着。有一个不大用力扔过来的苹果擦过格雷戈尔的背，没有伤到他就滑下去了。相反地，紧跟着来的一个简直就嵌入他的背里去了；格雷戈尔想拖着身体继续前进，好像换个地方这突如其来的难以想象的剧痛就会消失似的，然而他觉得自己像被牢牢钉住了，他昏瘫在地，三魂七魄通通出窍。只是最后一眼他还看到他的房门突然打开，母亲冲到尖叫着的妹妹前头，身上穿着内衣，因为妹妹在她昏倒时为了让她呼吸畅通为她把上衣脱了，母亲跑向父亲，一路跑，松开了的裙子一路一层层地往地板上滑去，她被裙子绊得跟跟跄跄，直冲进父亲怀中，抱住他，全身与他紧紧相贴——这时格雷戈尔的视力已经消失——双手搂住父亲的后脖子,求他保住格雷戈尔的性命。

三

格雷戈尔重伤受罪有一个多月了——那个苹果作为明显的纪念物还嵌在他的肉里,因为没有人敢去取出来——就连父母也因此而想起格雷戈尔是家庭的一员,虽然他目前的形象可怜且可厌,也不应当把他当敌人对待,相反地,家庭有义务把厌恶情绪忍住,要容忍,除了容忍别无其他选择。

即便格雷戈尔很可能因伤而永远失去行动能力,目前他穿越房间就需要长长的几分钟时间,像个伤残老人——往高处爬则是想都不用想——,可是他认为,他的状况虽然很糟糕,但他却得到了完全足够的补偿。现在,每到晚上,起居室的门就打开了,他总是一两小时前就专注地对着门看，门开了，他躺在自己房间的暗处，从起居室那儿看不到他，而他则可以看见全家坐在点着灯的桌旁，可以听他们的谈话，在一定程度上这是大家允许的，所以说，情况和以前是完全不同了。

自然，他们的谈话已不是从前那种气氛活跃的谈天说地了，以前，每当格雷戈尔在旅店狭小的客房里，疲惫不堪而只能倒在发潮的床褥上时，他总是带着几分渴望想着那种家人聊天的活跃情景。现在他们多半是悄然无声。父亲吃过晚饭不久就在他的沙发椅上睡着了；母亲和妹妹互相提醒别作声；母亲在灯下，离着灯很远，弯腰低头为一家时装店缝制精致的内衣、床单之类的东西；妹妹已干上了售货员的工作，为了以后能找到更好的工作，她晚上学习速记和法语。有时候父亲醒了，像是根本不知道自己睡过了，他会对母亲说："你今天又缝了这么久了呀！"之后就立刻又睡着了，这时母亲和妹妹便疲倦地相视而笑。

父亲固执得很，连在家也不肯脱下制服；睡衣高高地挂在衣架上，而他则穿戴整齐地坐在他的位子上打瞌睡，好像随时准备去上班，在家也在等着上司的吩咐似的。这样一来，虽有母亲和妹妹的仔细照料，他那件原先就不是新的制服便渐渐地不那么干净了，格雷戈尔常常整晚整晚地望着这件布满油渍而金色钮扣擦得锃亮的衣服，老人穿着它极其不舒服却又安静地睡着了。

每当时钟敲响十下，母亲就轻声叫醒父亲，劝他上床去睡。因为在这儿根本睡不好，而父亲则非常需要睡眠，他早晨六点就得去上班。但是，出于一种自从当了仆役就染上的偏执症，他总是执意要在桌旁再多待一会儿，虽然他总是又睡着了，到后来不得不极其费事地才能把他从沙发椅转移到床上去；无论母亲和妹妹如何不断地轻声催促告诫，他就是闭着眼睛慢慢地摇着头，甚至摇上一刻钟也不肯站起来。母亲扯扯他的袖子，对着他的耳朵说些讨他喜欢的话，妹妹放下功课过来帮助母亲，但是这些对父亲都起不了作用。他在沙发椅上越坐越往里靠，直到两个妇女叉着他的胳肢窝，他才看看母亲，又看看妹妹，并且总是说："这是什么生活呀，这就是我平静的晚年啊。"于是他靠着两个妇女的支撑非常费事地站了起来，仿佛他自己对自己是个极大的重担似的。她们两人扶着他走到门口，他在那儿挥手让她们离开，独自继续向前走，而随后母亲则会慌忙丢下针线，妹妹慌忙丢下笔，追着跑上去再助父亲一臂之力。

在这个劳累不堪过度疲倦的家里，除了非做不可的事情之外，谁还有时间来关心照料格雷戈尔呢？家庭预算越来越紧；女佣终于也给辞退了；一个个头极高而瘦骨突出白发蓬乱的老妈子每天早晚来干些粗重活；其他所有一切都由母亲在繁忙的针线活之外去照管了。甚至于连变卖家传首饰这种事也发生了。往昔有娱乐活动时或在节庆日子里,母亲和妹妹总要欣喜万分地戴上它们的,变卖首饰是格雷戈尔晚上在大家谈论变卖所得时听来的。不过,家人最大的苦恼则是不能搬离就目前状况来看过大的住房,因为想象不出该如何把格雷戈尔搬运过去,但是格雷戈尔很清楚,搬家一事之所以不成,并不只是顾虑到他,因为他们完全可以用个合适的木箱打上几个通气孔搬运他,这事并不难;阻碍家人搬家的主要原因是他们完全绝望了,他们认为,在所有的亲朋好友们中间,没有人像他们这样遇到如此的不幸。世界对穷人所要求的一切都最大限度地落到了他们的身上,父亲为银行的小职员跑腿买早点,母亲为陌生人的内衣出力卖命,妹妹随着顾客的命令在柜台后跑来跑去,再多就是他们这个家庭力所不及的了。每当母亲和妹妹把父亲送上床返回来后,她们就放下工作脸挨着脸靠得紧紧地坐着;而当母亲指着格雷戈尔的房门说:"把那边那扇门关上吧,葛蕾特。"格雷戈尔便又处在黑暗之中了。这时,隔壁两个妇女就泪眼相向,甚或欲哭无泪,干瞪着眼看着桌子;每当这种时候,格雷戈尔背上的伤又会疼痛起来。

格雷戈尔几乎是不眠地度过日日夜夜,有时候他想,等下一次门开的时候,他要完全像以前那样管起家中的事;在这么长时间之后,他脑海里又出现了老板和代理,伙计们和学徒工,那个迟钝的勤杂工,两三个在其他公司做事的朋友,一个偏僻地区旅店的侍女,这是一个稍纵即逝的甜蜜回忆,一个帽店的女取款员,他曾认真地向她求过婚,但是太晚了——他们都出现了,或和陌生人或和一些他已经忘却的人夹杂在一起,但他们并不帮助他或他的家人,全是无法接近的样子,当他们消失时,他会感到高兴。但有时候他一点也没有心情去为家人担忧,反而为得不到好的照料而恼怒不已,虽然他自己也想象不出来对什么东西有胃口,他还是计划着如何溜到食物储藏间去,即使不饿,也要取走他分内应得的食品。妹妹现在已不再费心去想,什么东西会使格雷戈尔特别欢喜,她只在早晨和中午上班之前匆匆地用脚随便把一样食物推入格雷戈尔的房间,晚上就挥动扫帚,一把扫出,不管食物只尝了几口或者——这是最常有的情况——连碰都没碰一下。打扫房间现在都放在晚上了,并且匆忙得不能再匆忙了。墙上有一道道脏痕,地上到处是成团的尘土秽物。起初,格雷戈尔在妹妹来的时候,总是跑到这种特别脏的角落去,以此多少表示责备之意,但是他即使在那儿待上几个星期也不能使她有所改进;对这些肮脏状况她看得同他一样清楚,但她决心让它们脏下去,同时又以一种她从未有过的敏感守护着她打扫格雷戈尔房间的权利。其实全家都染上了过敏症。有一次母亲为格雷戈尔的房间做了一次大扫除,只用了几桶水就弄好了——不过房间潮湿也使格雷戈尔很不舒服，他摊开身体，愤愤不平，一动不动地躺在长沙发上——但是母亲没能逃过惩罚。因为那天晚上妹妹一发觉格雷戈尔的房间变样了，就立刻怒气冲天跑到起居室去，她不理会母亲抬起双手对她恳求，号啕大哭起来了，她的父母——父亲当然是从沙发上惊跳起来——起初只是惊愕无助地看着，后来他们也待不住了；父亲朝右边责怪母亲没把打扫格雷戈尔房间的事留给妹妹做，他又朝左边对妹妹嚷叫，说以后再不准她打扫格雷戈尔的房间了；而母亲则努力想把父亲拖到卧室去，因为他已激动得不能控制自己了；妹妹抽泣得全身发抖，用她的两个小拳头捶着桌子；格雷戈尔气得大声嘶嘶作响，因为没有人想到把门关起来，免得他看到听到这吵闹的一幕。

但是，就算妹妹因为上班而疲惫不堪，厌倦于像以前一样照料格雷戈尔，母亲也完全没有必要取而代之，而格雷戈尔也无须落到这样被疏忽的地步。因为现在有那个老妈子了。这个老寡妇在她长长的一生中，可能凭着她粗壮的骨架，最可怕的事也挺住了，她并不真的厌恶格雷戈尔。有一次，她并不是出于好奇，而是偶然地打开了格雷戈尔的房间，看到了他，格雷戈尔大吃一惊，虽然没有人追赶他，他还是来来回回地跑起来了，她就双手交叉放在腿上惊讶地站在那儿。自从那次之后，她每天早晚总不忘匆匆地把门打开一点看看格雷戈尔。起初，她还用很可能她自认为是友善的话招呼他去她跟前，譬如"过来呀，老蜣螂！"或"看看那只老蜣螂！"对这种招呼格雷戈尔一概不予理会，他一动不动地待在原来的地方，就像门根本就没开一样。他们与其让她这样兴之所至一无是处地干扰他，倒真不如命令她每天打扫他的房间呢！一天清晨——一阵急雨打在窗玻璃上，大概已是春天将至的征兆——，当老妈子又开始对他唠叨起来时，格雷戈尔恼火之极，就对着她而去,像是要袭击她似的,只是他爬得慢而且显得衰弱无力。可是那老妈子并不害怕,她仅仅把靠近门的那把椅子高高举起,她张大嘴巴站在那儿的样子,目的明确,要等到她手中的椅子砸到格雷戈尔背上时,才会闭上嘴巴。"哼,怎么不再过来了?"当格雷戈尔转身回去时,她这么问道,接着就若无其事地把椅子放回角落去。

格雷戈尔现在几乎一点也不吃东西了,他只有在偶尔经过食物时才会为了好玩咬上一口,把东西含在嘴里几小时之久,然后多半再吐掉。起先,他以为是房间的状况使他分心,因而不想吃东西,然而,他很快就和房间的各种变化和平相处了。大家已经习惯于把别的地方放不下的东西往这房里搁了,而这样的东西现在多得很,因为家里有一间房间租给三个房客了。这些不苟言笑的先生 —— 三个人都留了大胡子,这是格雷戈尔一次透过门缝看到的 ——

十分注意整齐清洁,不只是他们住的房间,因为他们既然已租住这房子了,所以整个家的一切也都要整洁,特别是厨房。多余的,甚或是肮脏的东西他们无法忍受。此外,他们自己把大多数家具都带来了。这就使家里许多东西成为多余,这些东西既不好卖,丢掉也可惜。所有这些都到了格雷戈尔的房间。还有煤灰箱和厨房的垃圾箱也来了。只要是眼下不用的东西,老妈子干脆就匆匆地扔进格雷戈尔房间;还好,格雷戈尔多数只见到东西和拿着东西的那只手,那老妈子或许想有时间有机会时把东西拿走,或许想全部一次扔出去,事实上却是,东西扔到哪儿就留在哪儿,除非格雷戈尔迂回穿行于废物堆时挪动了它们,起初他被迫这么做,因为没有其他地方空出可以让他爬,后来他则越来越感兴趣,虽然在这样的迂回曲折的爬行之后,他总是累得要死并且感到忧伤,又是几小时不动地待着。

因为房客们有时候晚饭也在家里公用的起居室吃,所以起居室的门有几个晚上是关着的,但是格雷戈尔并不在乎,有时候门开着,他也不去利用机会,而是蜷缩在他房间最暗的角落里,家人对此一无所知。一次,老妈子没把通往起居室的门全关上,到晚上房客进入起居室灯也点上时,门还是开着一点。他们坐在桌子的上首,这是以前父母和格雷戈尔坐的地方,打开餐巾,拿起刀叉。很快母亲就端着一盘肉出现在门口,紧跟在她身后的妹妹端着一盆堆得高高的土豆,饭菜冒着浓浓的热气。房客们向前低头对着放在他们面前的盘子,像是吃之前先要检查一番,而事实上坐在中间仿佛对其他两人具有权威的那位,真的在盘里切下一块肉,他显然是为了看看肉煮得烂不烂,要不要退回厨房重做。他满意了,在一旁紧张地看着的母亲和妹妹才松了一口气,露出笑容。

家里人自己在厨房里吃饭,虽然这样,父

亲在去厨房之前还是要先进来一下,他总把帽子拿在手中,鞠着躬绕桌走一圈。房客们全都站起来,嘴里含糊不清地说点什么话。接着,当没有别人在场时,他们就几乎完完全全一言不发地吃饭。令格雷戈尔感到古怪的是,在各种不同的吃饭声中,听来听去总能听出牙齿的咀嚼声,似乎是借此向格雷戈尔指出,想吃东西就得有牙齿,没有牙齿的嘴巴,即使再好也成不了事。"我是有胃口的呀,"格雷戈尔忧心忡忡地自言自语,"但是对这些东西没胃口,这些房客吃得有滋有味,而我却要死了。"

就是在这一个晚上——变形以来这整段时间内,格雷戈尔记不得听过小提琴声——厨房里传来了小提琴声。房客已吃完晚饭,坐在中间的那位抽出一份报纸,给另外两个人一人发一张,现在他们向后靠着看报,一边还抽着烟。提琴一拉起来,便引起他们的注意,他们站起来,踮着脚走到前厅门口,挤成一团站在那儿。

厨房里的人一定听到他们了,因为父亲喊道:"先生们是不是不喜欢有人拉琴? 可以马上停止的。""恰恰相反,"中间的那位先生说,"小姐要不要上我们这儿来,在房间里拉? 这儿方便舒适多了。""噢,好的。"父亲喊道,好像拉小提琴的人是他似的。几位先生退回房里等着。很快,父亲拿着琴谱架子,母亲拿着琴谱,妹妹拿着提琴进来了。妹妹镇静地做着演奏前的一切准备;父母亲以前从未出租过房间,因此对房客礼数过多,竟不敢坐到自家的椅子上去;父亲靠在门上,右手插在扣得好好的制服上的两颗纽扣之间;母亲坐在一位房客端来请她坐的椅子上,那位先生正好把椅子放在一旁角落里,母亲也就不加挪动而坐在那儿了。

妹妹开始拉小提琴;父亲和母亲各自从自己的一侧全神贯注地注视她操琴的动作。格雷戈尔被琴声吸引住了,他大着胆子向前来了一点,头便已经伸进起居室了。最近一段日子他为别人考虑得很少，对此他竟毫不以为怪；而以前他是很为能够体谅他人而备感骄傲的。正是像目前这种状况，他该更有理由将自己藏起来才对，因为他的房间到处是灰尘，即使最轻微的动作也会使尘土飞扬，他的身上也因此沾满灰尘，他到哪儿，就把背上和两侧的线头、毛发和食物渣也拖到哪儿；他现在对一切都太无所谓了，不再像以前那样一天要翻过几次身用背在地毯上蹭了，尽管情况如此，他却毫无怯意地在一尘不染的地毯上前行了一段。

不过，也没有人注意到他就是了。家里人全神贯注于小提琴演奏；房客们则相反，起先他们手插在裤袋中站在妹妹琴谱架后面，他们靠得实在太近，全都看得见乐谱，这肯定是要干扰妹妹的，很快他们就低着头一边压低声音谈着话一边退回到窗口那边去，父亲担心地注视着他们。现在看来事情真是再清楚不过了，他们原本以为可以听到优美或是可以助兴的小提琴演奏，而他们失望了，对整个表演厌倦了，只是出于礼貌才让自己的宁静受到干扰。他们全都从鼻子和嘴里朝高处喷着烟，从他们的样子就可以看出他们已十分烦躁不耐烦。然而妹妹却是拉得那么好，她把脸侧向一旁，眼光慎重而忧郁地循着一行行的乐谱看着。格雷戈尔又前进了一点，他把头紧贴着地面，想尽可能地接触到妹妹的目光。既然音乐这样感动他，他难道是动物吗？他觉得，通向他所渴望的不知名食物的道路展现在他面前了。他下定决心要挤到妹妹面前去，拽拽她的裙子，向她表示，请她带着小提琴到他房间去，因为这儿没人会像他想做的那样对演奏予以回报，他不会再让她离开他的房间，至少，只要他还活着；他的可怕的样子将第一次对他有用处；他要同时守在房间的所有门口，对闯入的人吼叫；不能要妹妹勉强留在他房里，而是要自愿的；她应该和他一起坐在长沙发上，低下头听他说话，而他要告诉她,他已下定决心送她去音乐学院,要不是这期间发生了这不幸的事,他早在去年的圣诞节——圣诞节大概早已过了吧?——就会对全家宣布了,而且他不会理会任何反对意见的。听了这样的表白,妹妹肯定会感动得号啕大哭起来,格雷戈尔就会抬高自己的身体,凑近妹妹的肩膀去吻她的脖子;自从她到店里做事以来,她的脖子就露在外面,既不系带子也没领子包着。

"萨姆沙先生!"中间的那位先生朝父亲叫着,然后没有再多说一句话,而是用食指指着缓慢行进的格雷戈尔。小提琴声戛然而止,中间那位房客先是摇着头对他的朋友微笑了一下,接着又朝格雷戈尔那边看去。在父亲看来,先去安抚房客比赶走格雷戈尔更加迫切,虽然房客们根本就没有不安,并且看来他们对格雷戈尔比小提琴演奏更有兴趣。父亲赶紧跑向他们,想用张开的双臂催赶他们回房间去,同时用身体挡住他们的视线,不让他们看见格雷戈尔。这时他们有点生气了,不知道是因为父亲的举止,还是因为现在突然明白过来,原来他们有格雷戈尔这样一个邻居却被蒙在鼓里。他们要求父亲做出解释,也举起了手臂,并且不安地扯着胡子,慢慢地朝自己的房间退去。演奏突然打断之后,妹妹惘然若失;这时,她清醒过来了,本来她漫无意识地把琴和弓拿在垂着的手中,眼睛继续看着琴谱,好像还在拉琴似的。这样过了一会儿,然后她一下子振作起来,把琴放在呼吸困难重重喘着气还坐在椅子上的母亲腿上,跑进隔壁房间里去;那几位房客在父亲的催赶下也快靠近这房间了。只见被子和枕头在妹妹熟练的手中向高处掀起又整齐放好,在房客们回到房间之前她就铺好床铺溜出来了。父亲的倔强脾气似乎又发作了,完全忘了他对房客该有的尊敬。他一味地赶着他们,直到门口,中间那位房客用脚重重地跺着地板,这才使他停了下来。"我宣布,"这位房客说,他抬起手,眼睛也扫向母亲和妹妹,"鉴于这房子里和这家人的可憎状况" —— 说到这儿他断然朝地上啐了一口 —— "我马上退房,这些天的房租我自然是一分也不给。相反地,我还要考虑一下,是否对您提出些什么要求 —— 请相信我 —— 理由是很容易找到的。"之后他一言不发,眼睛看着前方,好像在等待什么似的。他的两个朋友果然马上就想到要说"我们也立即退房",接着他抓住门把砰的一声把门关上。

父亲步履蹒跚,用手摸索着走到他的沙发椅前,一下子跌坐在上面,看起来似乎是像平时晚间那样,摊开身体小睡一会儿,但他不停地点头的样子又表明他根本不是在睡觉。格雷戈尔一直静静地趴在刚才房客发现他的地方。对计划失败的失望,或许还有因他经常饥饿造成的虚弱,使他动弹不得。他心知不妙,等一会儿大家肯定要指责他的;他等待着,连小提琴从母亲颤抖的手指上滑出,从她腿上掉下来发出的响声也没惊动他。

"亲爱的爸爸妈妈,"妹妹说,她用手在桌上拍了一下作为提示,"再不能这样下去了,或许你们还看不清楚,可我是看得很清楚了。在这怪物面前我不愿意说出我哥哥的名字,所以我只说:我们一定得设法弄走它,我们已尽我们的所能去照料它容忍它了,没有人可以对我们有丝毫的指责。"

"她说得很对。"父亲自言自语地说道。母亲仍一直喘不过气来,她用手捂着脸低声咳起来了,眼睛的表情像精神失常。

妹妹赶紧跑到母亲那儿,扶住她的额头。父亲似乎因为妹妹的话心里有了一定的想法,他坐直了身子,玩弄着那顶放在房客晚饭后留下的杯盘之间的仆役帽子,眼睛间或看看静静待着的格雷戈尔。

"我们一定得设法把它弄走,"这时妹妹对父亲一个人说道,因为母亲咳着,听不见她说什么,"它终究会把你们两个人都搞死,我预见这事一定会发生的。像我们这样必须辛苦工作的人,是无法再在家中忍受这种折磨了,我再也不能忍受了。"说着,她号啕大哭起来,泪水流到母亲脸上,她机械地用手抹掉。

"孩子,"父亲充满同情地说,他表现出异乎寻常的理解,"可我们该怎么办呢?"

妹妹耸耸肩膀表示她也不知道该怎么办,刚才那么有把握,现在则相反,哭着的时候她就没主意了。

"假如他能懂我们的意思,"父亲半说半问;妹妹一边哭一边猛摇着手,表示这是不可能的。

"假如他能懂我们的意思,"父亲重复一遍,接着闭起眼睛,接受了妹妹对此认为不可能的想法,"那么还可以同他有个协定。但是像这样子——"

"它必须离开,"妹妹喊了起来,"爸爸,这是惟一的法子。你只有设法不去想它是格雷戈尔,可我们一直相信它是,这才是我们真正的不幸。但它怎么是格雷戈尔呢?如果它是格雷戈尔,他老早就会明白,人和这样一只动物是不可能共同生活的,他就会自动走掉;虽然我们会失去一位哥哥,但我们可以继续生活下去,并且会怀着敬意纪念他。但是像现在这样,这只动物追踪我们,赶走房客,显然想霸占整套房子,让我们在巷子里过夜。看呀,父亲,"她忽然大叫起来,"他又来了!"格雷戈尔完全不能理解妹妹为何如此惊慌。在这惊慌中,她甚至不顾母亲,突然离开母亲的坐椅,简直就是跳离椅子,仿佛她宁愿牺牲母亲也不愿留在格雷戈尔近旁似的;她跑到父亲背后,父亲因为她的举止而激动不安,他也站了起来,像是为了保护她似的半举起手。

可是格雷戈尔根本就没想到要吓唬任何人,更别说吓唬自己的妹妹了。他只不过是想转过身回自己的房间去,但这动作看起来十分特别;由于他多灾多难的身体状况,他转身十分困难,必须借助头部的力量,并且多次抬起头再把它往地板上一撑。这时,他停了下来回头看了看。大家似乎看出他的善意了;刚才的惊慌一下子就过去了。全家人现在沉默而忧伤地看着他。母亲躺在沙发椅上,双腿靠在一起伸出来,她的眼睛因为疲惫而几乎睁不开了;父亲和妹妹坐在一起,妹妹的手围搭在父亲脖子上。

"现在我大概可以转身了吧。"格雷戈尔想,于是又行动起来。他因行动艰难而气喘吁吁,不得不时而停下来休息,当然并没有人来催他,一切都随他自己的意愿。完全转过身之后,他立刻径直爬向房间。他很惊讶,他和房间的距离居然这样长,真不知道刚才他以如此羸弱之躯是如何在不知不觉中走过那段路的。他一心想快爬点,根本没注意到家人并未用话语或喊声来干扰他,直到进门了,他才转过头去;因为脖子僵硬,他没能完全转过去,但也还是看得见身后一切都没有改变,只有妹妹站了起来。他最后扫了母亲一眼,她已经完全睡着了。

他刚一进入房间,门就忙不迭地给关上,闩紧,还锁了起来。格雷戈尔被身后突如其来的响声吓得腿都发软了。那个急急忙忙的人是妹妹。她事先已站在那儿等着了,然后灵敏地向前跳去,格雷戈尔一点儿也没听见她过来,她一面转动钥匙把门锁上,一面对父母亲喊道:"终于进去了!"

"现在又怎么办呢?"格雷戈尔自问道,在黑暗中向四周看了看。很快他就发现,自己现在一点儿也动不了了。对此他并不奇怪,而对自己至今为止一直是用那些细细的腿在爬动,看来倒并不是那么自然了。除此之外,这会儿他还是觉得比较舒服的。虽然全身都在作痛,但他好像感到疼痛逐渐逐渐地在减轻,最后终于完全消失。对他背上的烂苹果和周围发炎的还蒙着轻软灰尘的地方,他已不怎么感到难受了。他满怀感动和爱意地回想着家人。他认为自己应该消失,这想法很可能比妹妹还坚决。他处在这种茫然而平静的沉思之中,直到钟楼的钟敲响三下。窗外破晓的天色他还依稀看到了一点,接着他的头就不知不觉地垂了下去,他的鼻孔无力地呼出最后一口气。

  清晨女佣来的时候 —— 她力气大又匆忙,开关所有的门都是砰然作响,不管对她说了多少次请她不要这样也没用,她一来谁都甭想睡安稳觉 —— 照常去看格雷戈尔一眼。起初她没发现有什么特别的现象,她以为他故意一动不动地躺在那儿装作不爱理人的样子;她相信他什么事都懂,这时她手上正好拿着一把长柄扫帚,她就从门口用它拨弄格雷戈尔。可是拨弄了半天也没有反应,她就恼怒了,使劲往格雷戈尔身上戳,直到她把他从原地推开而他还毫无反抗时,她才留意起来。很快她就看出事情的真相,她睁大了眼睛,吹起口哨,但她没多停留,而是推开卧室的房门对着黑漆漆的房间大喊道:"你们来看呀,它死了,它就躺在那儿,真的死了。"

萨姆沙夫妇直挺挺地坐在大床上,被女佣的喊叫声吓了一大跳,稍稍镇静下来以后,他们才弄清楚女佣报告的是什么意思。他们匆忙下床来,萨姆沙先生往身上披了条毯子,萨姆沙太太则只穿着睡衣;他们就这样走进格雷戈尔的房间。这时起居室的门也打开了,自从有了房客后葛蕾特晚上就睡在这儿;她衣服穿得好好的,好像整夜未眠,她苍白的脸也可证明这一点。"死了?"萨姆沙太太说,还用疑问的眼光望望女佣,虽然她可以自己一一查看,纵然不查看,一切也是很清楚的。"那还有错。"女佣说着用扫帚把格雷戈尔的尸体远远地向旁边推出去,证明她说的没错。萨姆沙太太动了一下,好像想挡住扫帚,但她没那么做。"那好,"萨姆沙先生说,"现在我们可以感谢上帝了。"他在胸前画了十字，三位妇女也照他的样做了。葛蕾特一直看着尸体，她说："你们看，他多瘦啊，他已有那么长时间什么也没吃了。放什么东西进去，拿出来的还是那些东西。"格雷戈尔的躯体确实又干又瘦；因为现在他不再由那些细腿支撑起来，也没有其他什么事使人分神，所以到现在才看清楚他是这么干瘦。

"来吧，葛蕾特，到我们这儿来待一会儿。"萨姆沙太太带着忧郁的微笑说。葛蕾特便跟着父母到卧室去了，而且一面走还一面回过头来看着那尸体。女佣关起门，把窗户敞开，虽然是清晨，清新的空气里却带着一丝暖意。毕竟已经是三月了。

三位房客从他们房里出来，他们惊讶地找着早餐；人家把他们给忘了。"早餐呢？"当中的那位先生不高兴地问女佣。女佣则把手指头放到唇边，不说一句话，急忙地向他们招招手，让他们到格雷戈尔房里来。他们来了，手插在已有些磨痕的外衣口袋里，围着格雷戈尔的尸体站着。现在房间里已经很亮了。

这时卧室的门打开了，萨姆沙先生穿着制服，一边搂着他的夫人，一边搂着女儿出来了。他们三人眼睛都有点哭过的样子；葛蕾特时而把脸靠在父亲手臂上。

"诸位马上离开我的房子！"萨姆沙先生一边说，一边指着门，也不放开身边的两位女人。"您这是什么意思？"中间的那位先生有点惊愕地说，还虚情假意地笑了笑。另外两位先生把手放在背后不停地搓着，好像很高兴地期待着一场大争吵，而且相信他们这一方稳操胜券。"我的意思就像我说的那样。"萨姆沙先生回答道，接着就和旁边两位女伴排成一列走向这位房客。那位房客起初静静地站在那儿，眼看着他，脑子里似乎正在重新掂量着事情的轻重。"那我们就走了。"然后他说道，同时望着萨姆沙先生；他突然变得那么谦卑，好像连决定离开也需要新的许可似的。萨姆沙先生只是睁大眼睛对他们草草地点了几下头,于是这位先生马上就真的大步向门厅走去;他的两位朋友已经有好一会儿停止搓手并用心听着了,这时简直就是跟着他跳了出去,仿佛生怕萨姆沙先生会在他们之前进入门厅而切断他们与自己的领头人之间的联系似的。在前厅,他们三人从衣架上取下帽子,从手杖筒中拿了手杖,一言不发地鞠了个躬就离开了房子。萨姆沙先生带着一种完全没有来由的怀疑,和两位女人也向楼梯口走去;他们靠在栏杆上,看着这三位先生缓慢但不停地走下长长的楼梯,他们走到每一层楼梯口的拐弯处就消失不见了,过了一会儿他们就又出现了;他们越往下走,萨姆沙一家对他们的兴趣也就越小,当一个昂首挺胸头上顶着东西的肉店伙计迎着他们,接着又同他们擦肩而过走上楼来的时候,萨姆沙先生和两位女人便很快离开栏杆,像松了一口气似的返回屋里。

他们决定，今天要用来休息和散步；他们应该歇歇工了，而且也实在有这种必要。因此他们就坐到桌旁去写假条，萨姆沙先生给管理人，萨姆沙太太给她的订户，葛蕾特给店老板。他们写的时候，女佣进来说，早上的事做完了，她要走了。三位正在写信的人起初只是点点头，并没有看她。当她总也不走时，他们不悦地抬头看着她。"你有什么事？"萨姆沙先生问道。女佣笑笑站在门口，好像有大喜事要报告似的，但要等到人家好好问她时她才准备说。她帽子上那根插得笔直的鸵鸟羽毛前后左右轻轻地颠摆着，从她开始受雇到现在，萨姆沙先生就一直讨厌这羽毛。"好吧，你到底想说什么呢？"萨姆沙太太问，对她这个女佣还是比较尊重的。"是的，"女佣回答，她那么友善地笑着，笑得不能马上接着说话，"就是你们不必担心怎么搬掉隔壁那东西了。都已弄好了。"萨姆沙太太和葛蕾特埋下头，做出要继续写信的样子；萨姆沙先生看出，女佣现在想详细地把一切好好描述一番，就伸出手断然阻止她。因为没法叙述了，她想起了自己也很忙，就气呼呼地大声说："再见了，各位！"接着猛然转过身去，在震耳的关门声中离开了屋子。

"今晚就辞掉她。"萨姆沙先生说，但是他的妻子和女儿谁也没搭腔，因为女佣好像把她们刚获得的宁静又给搅乱了。她们站起身走到窗口，在那儿紧紧地拥抱在一起。萨姆沙先生坐在沙发椅上朝她们转过身去；他静静地向她们注视了一会儿，然后叫道："好了，你们过来，事情过去了，就别再想了，你们也该为我操操心了。"两个女人马上听从，赶紧跑到他跟前，亲热地抚慰他，接着很快把假条写完。

随后，他们三人一起离开住所，坐上电车到郊外去，好几个月来他们没有一同出过门了，暖暖的阳光照满车厢，车厢里除了他们没有别人。他们舒适地靠着椅背谈论着对未来的展望，他们发现，仔细想想事情并不算糟，因为三个人的工作都相当不错，特别是以后还会有发展，关于这些事他们彼此间原先就没好好谈过。目前最能改善他们处境的当然是搬家；他们现在想搬到一个比较小比较便宜但位置比较好也比较实用的房子里去，现在的房子还是格雷戈尔选的呢。当他们这么谈着的时候，萨姆沙先生和太太看着变得越来越活泼的女儿，几乎同时注意到，虽然由于种种折磨女儿的脸色苍白，但最近这段时间里她已出落成一个身材丰满而美丽的少女了。他们变得沉默起来，不知不觉间用默契的眼神看着对方，他们在想，到时候了，也该为她找个好丈夫了。电车到达目的地时，他们的女儿第一个站起来，舒展了一下她那年轻的身体，在他们看来，这恰恰是对他们新的梦想和良好心愿的一种肯定。

谢莹莹　译